U0864754

安知时节好

山东大学二十四节气

纪红 著

广西师范大学出版社
GUANGXI NORMAL UNIVERSITY PRESS
·桂林·

ANZHI SHIJIE HAO SHANDONGDAXUE ERSHISI JIEQI

图书在版编目（CIP）数据

安知时节好：山东大学二十四节气 / 纪红著. --桂林：广西师范大学出版社，2018.12
ISBN 978-7-5598-1536-1

Ⅰ. ①安… Ⅱ. ①纪… Ⅲ. ①散文集－中国－当代 Ⅳ. ①I267

中国版本图书馆 CIP 数据核字（2018）第 290102 号

广西师范大学出版社出版发行
（广西桂林市五里店路 9 号 邮政编码：541004
网址：http://www.bbtpress.com）
出版人：张艺兵
全国新华书店经销
广西民族印刷包装集团有限公司印刷
（南宁市高新区高新三路 1 号 邮政编码：530007）
开本：787mm × 1 092 mm 1/16
印张：13 字数：200 千字
2018 年 12 月第 1 版 2018 年 12 月第 1 次印刷
印数：0 001~2 086 册 定价：168. 00 元
如发现印装质量问题，影响阅读，请与出版社发行部门联系调换。

推荐语

二十四节气是重要的文化遗产，也贴近我们的日常生活。跟随纪红老师感知并顺应大自然的节律，杨柳依依，风花雪月，这个世界显现着美好。蠲忿忘忧，永言配命，自求多福。

——刘华杰，北京大学教授，博物学家，博物文化倡导者

“日新之谓盛德。生生之谓易。”“损益盈虚，与时偕行。”作为中国传统文化的有机组成部分，二十四节气也是一个古而不老、不懈追求“苟日新，日日新，又日新”的文化。纪红与时偕行地记下她心目中的山大好时节，做出自己的节气文化新知，让人感到万物欣然，其华竟岁。

——王学典，山东大学教授，历史学家

清明白露，春华秋实。二十四节气是一曲古老的旋律。纪红老师的解读和文字，发自性情，生机内蕴，为这一旋律填写了颇为动人的歌词。

——刘宗迪，山东大学教授，民俗学家

自 序

我欢喜这样的歌唱

纪 红

“春雨惊春清谷天，夏满芒夏暑相连，秋处露秋寒霜降，冬雪雪冬小大寒。”这首《二十四节气歌》，我在学龄前就会背诵，是母亲教我学唱的。母亲是教师，也特意教给她班里的学生唱。我至今记着，在槐花飘香的时节，一群小学生放学归来，穿过村南的槐树林，蹦蹦跳跳地唱着这歌谣。那样的美好情景，让人难忘。我欢喜这样的歌唱。

二十四节气诞生两千多年来亦自成一曲，唱给天地唱给众生，唱给草木唱给我，唱成中华文明的重要组成部分，为国人的心灵气质奠基。二十四节气产生于黄河流域。庆幸家乡在山东，又工作和生活在处于黄河流域的济南，得以与二十四节气的旋律适时同行，并相和出自己的节气歌。

二十四节气博大精深，既有知识性，又承载着国人的生命智慧、情感精神。它是自然时序，也是生活时序，是我们根植于心的具有文化归属感的时间体系。它是文化遗产，更是活生生现行在我们生活中的时光。其时令气象、物候、风俗、习俗，也一样在我们的生活中一再呈现和印证，让人感到万物循时的安定气象、平凡人生的如常节奏，就在这样一统的歌声中。

这样的歌声，还有着具体的物候落脚。公元前2世纪的《逸周书·时训解》，就已完整记载二十四节气七十二候："五日为候，三候为气。"每一候均以一种物候现象做相应反映。节气自然落脚于四季，落脚于物候，也落脚于山东、济南、山东大学、山大草木，都在周而复始的时光里。

我工作在山东大学，几年来主要对山东大学扎根在济南的四个校区即中心校区、洪家楼校区、趵突泉校区和兴隆山校区，坚持进行二十四节气植物的简要观察和记录，自感草木春秋其华竟岁，可解读却无法面面俱到。我只是试着结合草木候，并择取我特别感怀的节气内容，来认知和描画我自以为好的时光，以一己情怀响应节气如歌的行板。

我学习、热爱着二十四节气文化之美，领悟其内质律动。我记录着山大每一棵树的位置、每一种花开的时间，熟悉一草一木在二十四节气中不同的季相变化，虽学识短浅又常不求甚解，但对草木对时光的热爱不曾稍减，我甘愿以此讴歌节气、生命、时光、山大草木的美好。我欢喜这样的歌唱。

二十四节气，是时间点，也是时间段，更是相辅相成沿袭一年的时光年。它是科学的，更是文化的；它是生活的，更是文明的；它是自然的，更是心灵的。天时人事日相催。山大二十四节气，也是如此节奏、这般如歌，才成为生动鲜活、生机内蕴和真正与我们相亲相和的风雅颂。

"四时行焉，百物生焉。"万物生长，枯荣生息，一切皆有其时。随时随地生活在山大的每一年、每一季、每一天，随机生发情感，情感切入节气，遂有我作为山大人的这份腔调和态度。万物化醇，安之若素。我想，这正是人与节气最本真的相生关系。一如《管子》所记，"故春仁、夏忠、秋急、冬闭，顺天之时，约地之宜，忠人之和"。

万事万物，无一不入时光步履。山大节气也一样，既是时光的特立音符，又贯通了人文内涵的文明格律，于我们既真实可感，又有机契合，自觉不自觉地就唤起我们内在的时序意识，涵养我们的审美品质，蕴藉我们的美好性格，丰盈我们的人生情怀，我们的一切其实都依托节气而生、而在、而成。

若论文化自信，二十四节气，正是让人感到极其美好的文化自信的力量之源。我观察、体会和认识到，在山大二十四节气的光阴里，没有人情世故的假丑恶，只有自然风物、人文风情的真善美。这让人心生单纯喜爱，也借此复明、回归、守望、鼓舞本真美好的自己，任人事纷纭，依然保持一份生命的自重和自尊。

“四时有大信，万物谁与期。”认知节气，认识草木，亲近自然，热爱生活，知时守信，汲取快乐力量，获得内心安好，已是我的一种生活方式。而作为生活于斯、工作于斯的山大人，爱草木、爱节气、爱生活、爱时光的生活方式，谁又能说就不是一份中国生活方式？这是我随二十四节气在山大哼唱而出的一支小调。我欢喜这样的歌唱。

“天地有大美而不言，四时有明法而不议，万物有成理而不说。”百年山大，玉成着自己的大美、明法和成理，而万物静观皆自得，一己微我尽可随意记录、随喜成长着。山大节气，山大草木，已然融会于山大历史，渗透进山大生活，浸淫于山大文化。春华秋实，每一位山大人的求真、唯美、向善、与时俱进，都交响于山大之歌——这首歌山大人其实都在唱着。

二十四节气，兀自歌唱得有声有色又稳健笃定。我偏爱流年偷换中这样的从容姿态，可惊艳可标新，可清扬可安稳，有意无意，尊严自新。花开有花开的静好与嘹亮，光阴有光阴的深情与坚强，都在欣欣不已的途中，都在生生不息的路上。“不要问，桃子对桃花的珍藏。”“大地苍茫，河水流淌，是什么人掌灯，把你照亮。”我欢喜这样的歌唱。

2018年9月1日于山东大学知新楼

秋

冬

目录

春

夏

春

立春 雨水 惊蛰 春分 清明 谷雨

立春

立春当机

年少时山东老家的冬天似乎总是那么寒冷漫长，冻得人整天缩头蔫脑的，就等奶奶念叨快打春了。身为教师的母亲便会给我们解答：“打春就是立春。立春是二十四节气的第一个节气。一立春，春天就来了。”那时就想着，立春引领春天，

| 立春 | 贴梗海棠偶有花开

山东大学中心校区图书馆后

| 立春 | 牡丹发新芽
山东大学中心校区邵馆前

真是个好机会呀！

真的，一立春，春就来了。渐渐地，天变暖，燕子回，校园里那些梅花、杏花、桃花、梨花、玉兰花、丁香花、樱花、牡丹花、泡桐花、洋槐花，还有分散在各处的野花，就会次第开放，树啊草啊相继萌发，正青春的同学们就更显得意气风发……立春就是一个这么好的机会。

“春雨惊春清谷天，夏满芒夏暑相连，秋处露秋寒霜降，冬雪雪冬小大寒。”每次唱起打小记来的节气歌，就会觉得不只立春是个好机会，二十四个节气都是好机会，而这立春打头阵，更是别开生面，特别精神。

立春，在我心里一直都是一个大好转机，一个崭新的开始，一个饱含希望的标

| 立春 | 白杨花蕾满枝

山东大学洪家楼校区小树林

志。话说至迟在战国时期，二十四节气已经确立，相应物候现象已经明确。立春节气形成于周代，秦代以来就将立春作为春季的开始。直到民国初年，立春都是“春节”，特立为春天的节日，表示春之始。

据考证，在我国，立春之日的迎春习俗已有三千多年的历史。帝王和庶民沿袭传统，立春举行迎春礼和庆贺活动，与人们饮食、服饰、社交、信仰有关的立春民俗也深入人心。特感念《续汉书·礼仪志》所记：“立春之日，夜漏未尽五刻，京

| 立春 | 泡桐树花枝

山东大学中心校区学生公寓前

| 立春 | 榆树花蕾

山东大学中心校区文史楼前

| 立春 | 木瓜海棠新芽

山东大学中心校区知新楼前

| 立春 | 紫丁香花蕾

山东大学中心校区小树林北

师百官皆衣青衣，郡国县道官下至斗食令史，皆服青帻，立青幡，施土牛耕人于门外，以示兆民，至立夏。”这几个“青”相和，更是与春同“春”的好时机。

立春为始的二十四节气，属于中华源远流长的文化遗产之一。一想到自己就在这种深厚、清阔的氛围里潜移默化地长大，活得再平凡渺小都觉得有了内质的贵气。这份自然情怀的启蒙与浸淫，正是我们生命节律中的立春。

《月令七十二候集解》这样解立春：“正月节。立，建始也……于此而春木之气始至，故谓之立也。”这个“立”，就是由冬转向春的当时当刻的命理天机，是曙光的那抹熹微，是希望顿生的那份锐气。鸿蒙初开，春最懂得占得先机。

一年之计在于春。立春就是这么个良机。没有这个“计”中“机”，这个开启树立，就不会有兴旺发达、繁荣昌盛的后继。因着春最初生机的引领，才开始新的四时行大地。立，本身就是一种力量，更何况立的是万物生的春。万物朝气蓬勃的样子，在此刻最为生动。

立春更是一种当机立断，天生带着一味果敢。四季轮回至此刻，时光向前至此时，等的就是这当下机缘。仿佛立春一声令下，世界始得清浊分明、冷暖疏离，美满春天由此发轫，丰饶四季自此开拆，多少艰难困苦，玉汝于成，如愿如意的美好和温暖，就从这一天算起。

如果春有十分，立春就是第一分的那点子起笔，是春天到来的标志。当下时节，这立春都有着自己的生动表述。古人将立春分为“三候”：“东风解冻；蛰虫始振；鱼上冰。”（《礼记·月令》）其实，众草木响应天机，无一不在立春各自做着候应。

校园里那一长排迎春开出最早的两朵花。野荠菜已开出小巧的白花。车轴草、酢浆草、黄鹌菜，经冬不枯，生机焕发。阿拉伯婆婆纳的粉红小花米粒一般大，却是早春的兴盛花事。杨树、榆树、泡桐、玉兰、木瓜、牡丹、山茱萸等多种花木也都竞相现出最萌的芽苞花蕾。果然是“阳和启蛰，品物皆春”（《宋史·牙志》）。

“新年都未有芳华，二月初惊见草芽。白雪却嫌春色晚，故穿庭树作飞花。”（唐代韩愈，《春雪》）“东风吹散梅梢雪，一夜挽回天下春。从此阳春应有脚，百花富贵草精神。”（宋代白玉蟾，《立春》）“柳色早黄浅，水文新绿微。”（唐代白居易，《立春日酬钱员外曲江同行见赠》）“律回岁晚冰霜少，春到人间草木知。”（宋代张栻，《立春偶成》）这是诗中的立春意蕴，也是切实生长在山大校园草木里的立春，常立常新。

又何止是解冻的土、绿微的水、黄浅的柳、含苞的杨、酣畅的梅、返青的草、开花的榆，你观察校园、走近草木，就会了然：你能发现、想到的花蕾叶芽，都已在立春初露端倪，急不可耐地印证着春之先机。

世间一切都在变化，变化皆有开端。死水一潭多阴郁，隆冬一味多冷酷，新天新地多欣喜。对革新有内力，对希望能确立，对新生可当机，生活才真有生机、有活力。那就给自己一个辞旧迎新、开天辟地的立春命机，秉天地生气，承四时佳兴，抖擞精神上前去。

| 立春 | 梅雪精神

山东大学中心校区图书馆门口

| 立春 | 白玉兰花苞

山东大学中心校区邵馆前

| 立春 | 山茱萸花苞

山东大学洪家楼校区六号楼前

雨水

雨水家书

那天翻出当年上大学时母亲写给我的一封家书，开头即问我天气暖和些了吧。又写道："已是雨水节气，春天又迈进一大步。开学了，你的学习也该更上一层楼了；下小雨了，雨一养，花就开好了……"

| 雨水 | 榆叶梅花蕾
山东大学中心校区学齐园西

| 雨水 | 红叶李新芽
山东大学洪家楼校区三号楼前

如今隔了二十多年再读起母亲的信，字字如春雨，点点滴滴都在心头。“雨一养，花就开好了。”母亲的爱就是那好雨，适时好雨，润物无声。

雨水这个节气，偕着母亲家书，带来一种难以表述的惆怅。母亲已去世多年，但这份爱依然在，让人觉得这世界依然充满深情。想那春天的雨水，亦当是历经了严冬的风刀霜剑而从心中流露的深情，最能感知家书至心的温暖安宁。

雨水是从大地上出走的“游子”吧！云游到天上，风流在四方。此时节终于收到家乡的春信，便怀持深情厚谊，极尽缠绵缱绻，细细借落下的春雨来叙写家书，一诉相思，亦将乡心乡情化作感恩之行，去滋润大地、泽被万物、造福乡梓。

雨水家书，雨水写就。雨水亦是家书，既是父辈亲子的家书，亦是子女思亲的家书。每一封都是嘉澍、甘霖，润泽心田，滋养人间。想这山大校园的万千学子与其亲人，定也是以多种样式的往来家书，不断传递着亲情与温暖。

雨水也是春天的家书。草木大地，万物生灵，都是她的家园故里、家人乡亲。

| 雨水 | 最早的迎春花

山东大学中心校区稷下广场南

| 雨水 | 香茶藨子新叶

山东大学洪家楼校区二号楼前

| 雨水 | 腊梅花火
山东大学中心校区图书馆后

她漂泊了整个严酷、艰涩、寒冷的冬，终遇春回大地，踏着思乡曲的行板，温润地写下漫天的深情，由春向春寄发。

《月令七十二候集解》解曰："正月中，天一生水。春始属木，然生木者必水也，故立春后继之雨水。且东风既解冻，则散而为雨水矣。"原来雨水与草木与东风这般相生，而与雨水相生的还有我们、阳光、田野、河流、村庄、鸟儿与鱼。众生相亲，春天里就欣然接收这一封封雨水家书吧！也以风和日暖、河清水秀、燕飞鸟鸣、草木萌动来回复、响应。

"好雨知时节，当春乃发生。随风潜入夜，润物细无声。"（唐代杜甫，《春夜喜雨》）一场春雨让校园草木更得滋润。应景诵这首诗，更觉这春雨解人意、安人心，无法不让人喜欢。要写就写这样的好雨家书吧，当春则春，当雨则雨，育发

| 雨水 | 早开的粉梅花

山东大学中心校区大成广场西

| 雨水 | 红梅花蕾

山东大学中心校区邵馆前

生机，善利万物，方不废江河万古流，无负造化拳拳心。

老子《道德经》中说：“上善若水。”这“水”是有“居善地，心善渊，与善仁，言善信，政善治，事善能，动善时”之“水德”的春天雨水。春雨即是积德行善孝顺之水。以“水德”为家书的主旨本心，家书亦成了圣贤书。

没有雨水，春回大地就是一句诳语，欣欣向荣就是一场虚空。看校园得春雨滋润，草更得些青，鸟更欢些鸣，柳含烟，花吐艳，春天更生动、柔软、丰盈，更得些喜兴，更得些意境。好一脉雨水家书呵！这么深情款款、吉祥止止，读之让人感动。

春风化雨时相催。游子懂得了家书珍贵、亲情恩顺，才算得心智上成人。那冬在立春时还仿佛不动声色，而经了雨水节气，草木萌动，才算真正实现春初始呈现的一段过渡和交接，春才好去开花、变青葱、去春耕、有大成。

春雨贵如油。冒着蒙蒙春雨，去看生物系的试验田麦子地。经过春雨滋润，解

| 雨水 | 荠菜新生

山东大学洪家楼校区二号楼前

| 雨水 | 樱花花蕾
山东大学中心校区生命科学院楼前

了长久干渴，返青的麦苗格外精神。学子们得了家书恩育、老师教诲、母校培养，品学上孜孜以求、奋发向上。

家书抵万金。家书像春雨一样金贵，皆因所承载、表达和抒发的，均是人心底真情。春雨落，家书至，心灵安，让“田园经雨水，乡国忆桑耕”（唐代齐己，《野步》）也只是一封家书的缘起，让“最是一年春好处”（唐代韩愈，《早春呈水部张十八员外·其一》）也只是读完家书的可喜可亲。

好想借雨水再写一封家书，向安息在家乡麦田里的爷爷奶奶、父亲母亲请安，向家乡的麦苗、桃树、炊烟、村庄问安。好想再接一封父母寄来的家书，再听他们叫一声小红，再听他们说说家园的节气、雨水、花朵、春风，再让我在雨水时节期待一个吉祥春天，一个瑞气丰年。

| 雨水 | 麦苗返青
山东大学中心校区生物系试验田

“沾衣欲湿杏花雨。”（宋代志南，《绝句·古木阴中系短篷》）看着文史楼北边的大杏树，让我又一次怀恋起一场杏花雨。少年时家乡满河堤的杏树高高壮壮，春天里一树树繁花在雨中全都开好，汇成一长堤花的汪洋；我在那林中漫步、花下听雨，但见那雨在树干上、花朵上清亮，在大堤上、泥土中润含，而无呈任何厉色张狂；呼吸着清和的空气，自己也像受洗了一样，心中漾起无限美感。那是我见过的最美好的春天雨水，不复重现，无法遗忘。

惊蛰

斯我惊雷

“造物无言却有情，每于寒尽觉春生。千红万紫安排著，只待新雷第一声。”清代张维屏的这首《新雷》委实鼓舞人心。原来春雷这么有情、这么给力、这么振奋，能动生一个万紫千红大好的春，即便让人惊亦是欣慰和惊喜了。那好吧，你就是我的惊雷，振振君子，斯我惊雷。

| 惊蛰 | 郁香忍冬花蕾
山东大学中心校区明德楼前

| 惊蛰 | 野草枯荣
山东大学中心校区文史楼前

《月令七十二候集解》说：“二月节，万物出乎震，震为雷，故曰惊蛰。是蛰虫惊而出走矣。”《易经·说卦传》曰：“雷以动之，风以散之，雨以润之。”《说文解字》云：“雷，阴阳薄动，雷雨生物者也。”更有诗曰：“促春遘时雨，始雷发东隅。众蛰各潜骇，草木纵横舒。”（东晋陶渊明，《拟古·其三》）又或：“微雨众卉新，一雷惊蛰始”（唐代韦应物，《观田家》）；“春雷起萌蛰，土壤日已疏。”（唐代韦应物，《寄冯著》）……

这样在经典诗文里找缘起，越想越觉得惊蛰好，春雷好。这雷不是夏天狂虐暴戾的雷，而是有利万物的新雷。雷声让我听见，被雷唤醒的那么好的草木鸟虫让我看见，我的心也像是新生了一般。那么，这春雷也是我的——斯我惊雷。

我又去身边校园草木中找印证，也是越发认识到春雷的好。惊蛰的物候都有了时应：山桃花冒出红萼，应了“桃始华”；林中小喜鹊叫声清柔欢悦，应了“鸧鹒

| 惊蛰 | 最早开花的一枝香茶藨子

山东大学洪家楼校区二号楼前

| 惊蛰 | 柳花含苞

山东大学洪家楼校区三号楼西

鸣”。小时候见过小鸡仔诞生，那一声声破壳也是惊雷，惊得人心里一跳一跳地欢喜。

大地已松软，杨树林的地面上有地虫蠕动的痕迹，有被翻松了的小土粒儿。在路旁草地边一只蜗牛湿润润地刚出头，与新生的草芽相应。种子和虫类蛰伏在土里。小草的新芽隐藏在根部，既而它们突破土层、拱出地面的刹那，亦如雷鸣乍起。

春雷响，万物长。腊梅尚在枝头留余香，连翘、木瓜、玉兰、樱花、海棠、紫荆、丁香、牡丹、柳树、杏树、榆树、榆叶梅已不等闲，遒劲苍黑的枝丫上，鼓起众多大小不一的密集的花蕾叶苞，被第一声春雷所震，还要被更大的雷声惊爆出一派姹紫嫣红。

各种各样的花蕾叶苞，再不是立春和雨水节气时的含蓄、懵懂，而都在明明

| 惊蛰 | 阿拉伯婆婆纳开花
山东大学中心校区邵馆前

| 惊蛰 | 木瓜树新芽
山东大学中心校区明德楼南

白白地鼓荡、涌动。它们应和着春雷新生，在等待更多的雷声、更暖的阳光，来振发、点燃、开拆，便由着性子燃烧出一个鲜花着锦、烈火烹油的春。

如果说立春和雨水节气的春尚是刚被叫醒的孩童，将醒未醒，睡眼惺忪，那惊蛰节气的春就欣欣然张开了眼睛；如果说那时还需要慧眼、慧心识得东风面，还让人对温暖的未来有些犹疑彷徨不定，这时的春则是昭然若揭，已初成不可遏制的形势，春水漾绿，春风浩荡，春蕾潮涌，天地间正蓄满风雷。春在以此表达的是：斯

| 惊蛰 | 红梅花开第一朵

山东大学中心校区大成广场西

| 惊蛰 | 望春玉兰花开如群鸟振翅

山东大学中心校区图书馆南

| 惊蛰 | 山茱萸吐蕊
山东大学洪家楼校区四号楼北

我惊雷。

“九州生气恃风雷。”（清代龚自珍，《己亥杂诗·其二百二十》）如此之好的雷，谁肯不要？忽然发觉“雷”字和“蕾”字这么相似，只是巧合相像吗？且不作训诂，只甘愿相信：蕾也是雷，新蕾也是新雷，满树满枝的花蕾叶苞，都是春天的草木惊雷，一个个在酝酿、在振声、在初初和鸣。

生为自然之子，被春风召唤，被草木之雷激发，被天地阳气感染，我们的自然之情蠢蠢欲动。这蠢蠢欲动，是我们对春雷的感应，也是我们内心生机的雷动。人之一生，有时昏聩迷茫，有时倦怠困顿，那就适时给自己一个惊蛰、一声惊雷，亦去做自己的惊雷、惊蛰，焕发精神，图强自新。

《礼记·月令》有记：“先雷三日，奋木铎以令兆民曰：雷将发声，有不戒其容止者，生子不备，必有凶灾。”惊蛰时令，古代官府对人之“容止”、家之子嗣、生之吉凶都要及时规诫警示。《汉书》有记：“孟春三月，群居者将散，行人振木铎徇于路，以采诗。”“王者所以观风俗，知得失，自考正也。”原来《诗经》就是采诗官从孟春、从惊蛰伴着春雷采来的，真好。

这两种木铎声直如新雷发人省。当听到民间“殷其雷”“振振君子”的歌唱，于“王者”于“行人”，想必均是别开生面的新雷醇音。这善待万物的春雷鸣，这爱惜民生的木铎声，怀着仁爱之心，广布善美正义。多美的春之声！让黎民望向苍天，怎能不悠悠感叹：振振君子，斯我惊雷！斯我惊雷啊！

| 惊蛰 | 马兰头新生

山东大学中心校区世纪林

春分

春分之分

齐鲁大地是吾乡，真让我自豪。古书典籍里记载着一脉流传的那月令物候，就活生生、实实在在地在这片天地间现行、演义，周而复始，始终如一，欣欣向荣，生生不息。

| 春分 | 木瓜花开

山东大学中心校区知新楼前

| 春分 | 早开堇菜
山东大学洪家楼校区二号楼前

我特意在草木繁多的山大校园里寻看、认知和欣赏春分。这一天真是冰火两重天。早上天灰蒙蒙，阴冷得像寒冬，先飘起雪花，后扬起雨丝，而到中午，太阳现身，清和煦暖，蓝天白云。

《春秋繁露·阴阳出入上下篇》记曰："春分者，阴阳相半也，故昼夜均而寒暑平。"这难得的好天气，区分了连续多日的阴霾天气，真是"阴阳相半寒暑平"了。我知道，春分之分，不只是昼夜平分，还是初春与仲春之分，是初萌的春与烂漫的春之分，实乃春之本分。

"仲春初四日，春色正中分。绿野徘徊月，晴天断续云。燕飞犹个个，花落已纷纷。"（宋代徐铉，《春分日》）我在惊蛰前一天见到了月亮，今儿又见到晴天断续的云，虽未见燕飞来，却见到花喜鹊、灰喜鹊、小麻雀、鹧鸪鸟这里那里地飞翔欢叫，而杏树犹在落英缤纷。

| 春分 | 红梅盛开

山东大学中心校区邵馆前

“春分雨脚落声微，柳岸斜风带客归。时令北方偏向晚，可知早有绿腰肥。”（宋代徐铉，《七绝》）这时令较晚的北方，雨微风斜，我在大柳树这边也算是在柳岸了。这“绿腰”一词用得好。细细柳腰婀娜，被春风剪出眉叶而一改枯瘦，青绿润黄的，可不就有了胖的感觉！而柳枝以蓝天为幕，于风中跳着绿腰舞，真是美不胜收！

“天将小雨交春半，谁见枝头花历乱。纵目天涯，浅黛春山处处纱。焦人不过

| 春分 | 贴梗海棠花开

山东大学中心校区化学楼前

| 春分 | 杏花盛开

山东大学中心校区文史楼北

| 春分 | 玉兰盛开
山东大学中心校区明德楼前

轻寒恼，问卜怕听情未了。许是今生，误把前生草踏青。”（宋代徐铉，《偷声木兰花·春分遇雨》）这首词，似我的春分心情：时值天将小雨交春半，被这轻寒小恼，更觉春之情分渐深而不了；我不论今生与前生，但见草色已非遥看近却无，而是一片绿树阴阴，更喜见枝头花历乱，一树树分野在即，历历分明。

二十四个好节气二十四番花信风，春分时节的海棠、梨花和木兰花信来应景。梨花半卷的新叶、挺身的花蕾，不再是点点含苞，已淡淡笼上一树浅绿烟纱；西府

| 春分 | 柳花盛开

山东大学中心校区南门里

| 春分 | 碧桃花蕾

山东大学洪家楼校区二号楼前

| 春分 | 樱花盛开
山东大学中心校区生命科学院门口

海棠、贴梗海棠、垂丝海棠，花蕾枝头点点红，新绿已是照眼明，那份繁盛叫人担心绽放时该是怎样的难管难收；白玉兰正值嘉年华，大朵大朵的花高高开在树上，恣意豪放，辛夷则初发如笔，饱蘸了紫红墨色，就要在蓝天上泼洒。

腊梅已枝头抱香死，红梅正开了十分，仿佛无惧冬与春的差分；樱花有怒放有半开有苞蕾，一树上美得有区分；木瓜花的粉面上润着红胭脂，好看得不一致；同一枝榆叶梅的花蕾，生着不一样的美；连翘已全部盛开，黄灿如阳光；早开堇菜，叶片舒展，开着蓝紫的花，做着小美梦；那杨树、枫树、银杏树、丁香树的叶芽，也已亮如繁星。

都说太阳底下无新事。可春天里的景色每天都是新的——苟日新，日日新，又日新。可别以为它们变化不显著，待得百花怒放春满园，你会懂得：春的每分每秒，殊途同归，恰如其分。

是的，春分是对春花春树、春色春光的划分。由萌动到清扬，由部分趋广大，由单薄渐丰润，由清寒变温暖，由隐晦转开明，由矜持始放纵，萌蘖着，盛开着，茁壮着，繁华着，昌盛着，生长着，光荣着，整个春就是每一刻的一统过程，时刻有别，渐渐熟成。

每时每刻都是春分。春所分的，是人间之美。那就做个与春同道的“美人”吧——“各美其美，美人之美，美美与共，天下大同”（费孝通语）。

| 春分 | 蒲公英开花

山东大学中心校区蒋震图书馆前

清明

万象清明

《岁时百问》曰："万物生长此时，皆清洁而明净，故谓之清明。"《月令七十二候集解》曰："物至此时，皆以洁齐而清明矣。"《孝经纬》曰："春分后十五日，斗指乙，为清明，万物至此皆洁齐而清明矣。"

| 清明 | 丁香花开

山东大学洪家楼校区丁香树林

| 清明 | 紫荆花开

山东大学中心校区小树林北

清明的本义竟是如此之好。欣赏着校园草木的清荣气象，直觉万象清明，处处生机勃勃，春意盎然。春再不是“星星之火”，大有“燎原”之势。

花事至此，烂漫任性到难管难收。春终至百花齐放春色满园。桃花开到最好，粉腮润着胭脂红，正是《诗经》里“桃之夭夭”“宜其室家”的桃红。而梨花开得“白衣胜雪”，恰应了“梨花风起正清明”（宋代吴惟信，《苏堤清明即事》）之

| 清明 | 桐树花开
山东大学中心校区南门口

诗境。

中心校区樱园里，樱花有绽放有飘零，新叶已青翠生成。春风来兮，花瓣雨在阳光里斜斜纷飞，悠悠飘落，美得简直无法形容。更有学子们在花间穿行，青春笑颜让那落花无现落寞之意，却有明快自得之情，一派盛世清明的好风景。

海棠开得繁盛，西府海棠、垂枝海棠，一树树繁花满枝，绿叶兼生，正是那华枝春满的意兴。谁说海棠无香惹人恨？西府海棠分明生发清芬，似有似无，隐隐约约，是悠然清浅的袭人暗香，从此人生就少一恨吧。

《二十四番花信风》中提到，属于清明的花信是桐花、麦花和柳花。真欣慰这历经沧桑至今无改的花信让我在校园里遇见：高大桐树开出一枝枝紫色串花，试验田的青麦抽出淡黄小花，黄蕊的柳花早已开遍，已随柳叶垂下万千绿丝绦。

| 清明 | 冬青新绿

山东大学中心校区学人大厦南

| 清明 | 麦子花开

山东大学中心校区生物系试验田

| 清明 | 海棠花开

山东大学中心校区图书馆前

每朵花都开在清净的质地上，鲜花着锦照眼明，新绿勃发一派清明。柿树、枫树、朴树、榉树、梨树、杏树、李树、槐树、丁香树、女贞树、青檀树、山楂树……我能遇见的校园草木，其叶均已青绿色现身，水嫩嫩，清灵灵，无限生动。

青草焕然一新，不用春雨洗礼已是新亮。榆钱儿青满枝头；玉兰树叶展翅欲飞；无花果树叶像伸出的婴儿手掌；马褂木叶穿上新马褂，一夜不见就穿大了一号。校园里的高大白杨，同一棵树依照生叶次序自下而上呈现碧绿、翠绿、黄绿

| 清明 | 桃花开

山东大学中心校区化学楼前

色，层层叠叠。阳光下的杨树林，群叶像燃着绿光，照得人心热眼亮。

《淮南子·天文训》说："春分后十五日，斗指乙，则清明风至。"此刻的山大校园天朗气清，风吹开了山大繁花、吹绿了山大草木，阳光和煦清透，洒向花朵绿叶，与蓝天、大地相生。天空湛蓝如洗，衬着粉色云朵。时有春风送暖，蓝天上风流云散，加之绿柳、白杨、白蜡、银杏、海棠等高树的烘托和渲染，气象万千。

兴隆山校区里的湖水碧波粼粼，鸟儿啁啁叫得欢乐。"清明时节雨纷纷"（唐

| 清明 | 梨花开

山东大学中心校区文史楼北

| 清明 | 榆钱满枝

山东大学兴隆山校区天工湖南

| 清明 | 阿拉伯婆婆纳花群
山东大学中心校区邵馆前

代杜牧，《清明》），因了春风十里、荞麦青青、花红柳绿、春和景明，这雨滋养草木，润抚思亲的心灵，真是好雨。

花朵、新绿、天空、大地、河流、阳光、春风、鸟鸣，万象更新，神采奕奕。清明也是万物个个生长、各具风姿的清明：清朗清新清澈清纯清爽清艳清喜清吉清嘉，明丽明朗明净明亮明媚明达明快明慧明盛。如此清明，还有何样的词汇可以形容它呢？

谷雨

感恩谷雨

没有哪个节气像谷雨这样让我联想起感恩。

《月令七十二候集解》曰："三月中，自雨水后，土膏脉动，今又雨其谷于水也……盖谷以此时播种，自上而下也。"《月令采奇》曰："雨至此时，生百

| 谷雨 | 石楠花开
山东大学中心校区邵馆前

| 谷雨 | 点地梅开花
山东大学兴隆山校区情人坡

谷也。”《广群芳谱》也有记：“清明后十五日，斗指辰，为谷雨，言雨生百谷也。”

雨生百谷，百谷养民，民以食为天。这雨真是天大的恩情！又何止谷物庄稼，一草一木一生灵，什么生命又能离得了水的养育？万物生长，雨水亦为根本营养，与大地与阳光的孕育之德，恩养同功。

“谷雨时，种谷移苗正当时。”“谷雨前后，种瓜种豆。”种棉花则是“清明早，小满迟，谷雨立夏正合适”，又有“清明高粱接种谷，谷雨棉花再种薯”一说。与民生休戚与共的谷物生长，都切实赖以谷雨之时的灌溉。

春天盛大的花事已结束，绿肥红瘦，果实新成，也都在校园里成景。桃花开得意兴阑珊，杏子已青青，梨子已显形，木瓜、海棠、无花果已坐果，野地里一群群

| 谷雨 | 青葱杨树林

山东大学洪家楼校区小树林

| 谷雨 | 流苏花开

山东大学中心校区公教楼北

| 谷雨 | 绣线菊开花

山东大学洪家楼校区逸夫法学楼东

荠菜在开花、结荚，紫花地丁也是边开花边育籽忙不停，处处兴盛。如果说雨开百花是情，那雨生百谷百果即是恩了。

虽说是春回大地，也只有到谷雨节气，温暖方能稳当适中，雨水方能足量温润，大地才能不再干燥而生慈悲仁厚，足够生出养分，来滋养庄稼、草木，利益万物，做有容有情的地母。

谷雨三朝看牡丹。姹紫嫣红开遍，中心校区、兴隆山校区的牡丹花闪亮登场。

| 谷雨 | 牡丹花开
山东大学兴隆山校区牡丹园

在众花热闹走场后，“大青衣”牡丹以与生俱来的富贵气度，字正腔圆地为春天做一份总结陈词。而人生多卑微，须借物起兴、寄寓富足美满来自持自重。好个谷雨生牡丹，让春天平添贵气、喜气。

总觉得谷雨牡丹是大自然对春之花花世界意境的提升，是对苦短人生心灵的补偿，是对富足生活的美好寄托与象征。“花向琉璃地上生，光风炫转紫云英。”

| 谷雨 | 琼花开

山东大学兴隆山校区牡丹园南

| 谷雨 | 金钱松新绿

山东大学中心校区邵馆前

| 谷雨 | 紫藤花开

山东大学中心校区图书馆后

| 谷雨 | 银杏花开

山东大学中心校区明德楼北

（唐代元稹，《西明寺牡丹》）“春来谁作韶华主，总领群芳是牡丹。”（明代冯琦，《牡丹》）“果然不愧花王号，独占春风第一天。”（清代袁枚，《元日牡丹二首·其二》）“唯有牡丹真国色，花开时节动京城。”（唐代刘禹锡，《赏牡丹》）感恩牡丹，平添人间如意吉祥。

相传节气以谷雨为名是源于仓颉造字的典故。仓颉是黄帝时史官，始作书契，以代结绳，开创了华夏文明新纪元，被后人尊为“造字圣人”。玉帝感念仓颉造字之功，下了一场泽被黎民的谷子雨，黄帝遂将此日定为谷雨节来纪念。感恩上天，感恩仓颉，世代沿袭。原来感恩即是谷雨本义。百年山大，师与生、教与学、知识与学识、文明与文化，文字绝对是响当当的载体，所以更应感恩谷雨。

万物有灵有情，众生相生相成。花朵、果实、庄稼、草木与谷雨，恩泽互惠。心怀感恩，即让生命高贵。师生之间、人与人之间、人与物之间，亦当相互感恩，在共同成长相互印证中相互成全，让世界美好得多姿多彩、风情万种，让光阴多情得前赴后继、正大光明。

这是春天的最后一个节气。回首一春的萌生、开花与结果，不禁心生感激：感谢大自然的无私恩典，让我们平凡人生亦焕发春意。忽然想站在牡丹花丛朗诵海子的诗歌：“活在这珍贵的人间／人类和植物一样幸福／爱情和雨水一样幸福。”（海子，《活在珍贵的人间》）

夏

立夏
小满
芒种
夏至
小暑
大暑

立夏

维为立夏

《岁华纪丽》有记："谷雨后十五日，斗指东南，维为立夏。"《三礼义宗》曰："四月立夏为节者，夏，大也，至此之时，物已长大，故以为名。"《月令七十二候集解》解曰："立，建始也。夏，假也，物至此时皆假大也。"

| 立夏 | 丝棉木开花
山东大学洪家楼校区逸夫法学院楼西

| 立夏 | 地黄花开
山东大学中心校区学人大厦南

喜欢“长大”这层意思，它带着一份拟人的心思、关切的温情，就是在慈爱的希望的眼神里长出的一种欣慰与如意。非幼稚非迟暮，有矫健有前程，无忧惧无沧桑，是青春万岁，恰同学少年，风华正茂。

时令至此，草木大众，气质荣华，气象清吉，让人直感不愠不火、不骄不厉，清新明慧。明代学者高濂在其《遵生八笺》里将立夏之美归于“秀”：“孟夏之日，天地始交，万物并秀。”《礼记·月令》亦以“秀”说明当此时的物候景象：

| 立夏 | 蔷薇花开

山东大学中心校区院士楼前

| 立夏 | 石榴花开照眼明

山东大学中心校区文史楼前

| 立夏 | 楝树花开

山东大学趵突泉校区

| 立夏 | 海桐花开

山东大学中心校区稷下广场

“蝼蝈鸣”，“蚯蚓出”，“王瓜生”，“苦菜秀”。喜欢这样从岁月深处找缘起，美好的事物源远流长，并与你牵手而不离不弃。

我也很喜欢这个“秀”字。我国最早的词典《尔雅》有解语：“木谓之华，草谓之荣，不荣而实者谓之秀，荣而不实者谓之英。”我认为《尔雅》这样释义正是释立夏呐！立夏时节，天地清朗，草木长大，叶茂花珍，果实小成，真是又英秀又荣华。华、荣、秀、英，秉持草木本心，各有其格，各具其品，一起生成立夏的风

| 立夏 | 柿子花开
山东大学洪家楼校区教堂东

骨与情性，与天地造化之德，终无相负。

这是一个花儿在含苞待放的时令。信步在山大校园草木间，那些古来的初夏诗意自然而然就得以印证。“首夏犹清和，芳草亦未歇。”（南北朝谢灵运，《游赤石进帆海》）“绿阴生昼静，孤花表春余。”（唐代韦应物，《游开元精舍》）“晴日暖风生麦气，绿阴幽草胜花时。”（宋代王安石，《初夏即事》）“纷纷红紫已成尘，布谷声中夏令新。”（宋代陆游，《初夏绝句》）“芳菲歇去何须恨，

| 立夏 | 皂荚树花开

山东大学洪家楼校区图书馆南

| 立夏 | 看麦娘花开

山东大学洪家楼校区体育馆南

｜立夏｜虎杖枝叶丰盛

山东大学中心校区邵馆前

夏木阴阴正可人。”（宋代秦观，《三月晦日偶题》）仿佛这诗意与草木相通灵，在人眼前荣获新生。

最爱此时蔷薇，叶绿花美。楝树花朵粉紫素丽，花枝婆娑。石榴花开照眼明，红花如燃。校园中岁月沉淀下来的高树，像朴树、椴树、梓树、椿树、楸树、梧桐树、皂荚树，还有杨树、法桐树，叶茂叶新，树冠丰美，光彩照人。

喜欢在阳光中观赏自然风物，尤其是沐浴在立夏的阳光里，美好而温暖。太阳与草木，最是承德泽、生光辉的尤物，其光辉相照、光芒相生，遂生成立夏特有的风情、特有的光荣。是的，光荣。

维为立夏，正如《诗经》所言，“实发实秀，实坚实好”。

小满

愿得小满

二十四个节气里，最喜小满。小得平实平凡，卑微得不被人重视也无须人知见，就那么自得自满。不要那么大、那么满，就是个小满，留片余地进退自如，在自足自若的一隅里，自我担当，小得盈满。

| 小满 | 枇杷果熟

山东大学洪家楼校区艺术楼前

| 小满 | 苹果青青

山东大学洪家楼校区苗圃

《月令七十二候集解》解曰："小满，四月中。小满者，物至于此小得盈满。"《岁序总考全集》释曰："小，微也。满，盈也。孟夏之月，万物生长，小得盈满，故谓之小满。"在这个节气观察校园草木，忽觉生命之意、自然之情，均可落在小满这份意义上。

小满的三种物候——"苦菜秀，靡草死，麦秋至"，都已在校园里证得。在墙边、路旁、草丛、阶前，苦菜花开得黄灿灿，悄悄秀出一种美满。据说苦菜经霜后味道变甜，故《诗经·谷风》曰："谁谓荼苦，其甘如荠。"原来这就是苦尽甘来的生命真谛。

| 小满 | 樱桃红了
山东大学中心校区明德楼前

至于靡草死，《月令七十二候集解》解语：“《礼记注》曰，草之枝叶而靡细者。方氏曰，凡物感阳而生者则强而立，感阴而生者则柔而靡，谓之靡草，则至阴之所生也，故不胜至阳而死。”中心校区学人大厦南边，青青一片靡草现已枯黄。若死是为了生，死即是生。而美美地生过，死也是美满。生死有时，枯荣有时，靡草也是在完成自己生命的“小满”。

| 小满 | 梓树花开

山东大学洪家楼校区二号楼前

| 小满 | 梨子初成

山东大学中心校区文史楼北

| 小满 | 小麦生长

山东大学中心校区生物系试验田

| 小满 | 酢浆草花红

山东大学趵突泉校区银杏林东

| 小满 | 锦葵花开
山东大学趵突泉校区药草园

而所谓麦秋至，《月令七十二候集解》中“秋者百谷成熟之期，此于时虽夏，于麦则秋，故云麦秋也”之句，最能代表惯常认知的小满节气。从乡间长大的我们都听过这样的农谚：“小满小满，麦粒渐满。”“小满不满，芒种开镰。”“麦到小满日夜黄。”“小满麦渐黄，夏至稻花香。”我们最亲爱的麦子自小满开始渐得饱满，生物系试验田的麦子也丰收在望了。

早花地丁不觉间也修出正果，小圆种子有的还在苞中酝酿，有的尚在荚里，有

| 小满 | 杏子将熟
山东大学趵突泉校区三号楼前

的却已落地生根。生命里有太多的不由自主，谁也不能尽得完满，但生之基本气候必得自己主宰、自己成全，就像这野生地丁，开花、结籽、播种，自立自强，一份小小的圆满，自足自成。

而牡丹在春风里满满当当地开过，这个时令已小得盈满。中心校区邵馆前尚有个别满开的牡丹花朵，更多的是结出了果角，那些花瓣干萎了的，更是在枝头昂扬着初初结果的得意，而那落红满地也是一份小满的美丽。花开花落就是这样相续，成就着牡丹的美满。

满始损、盈方亏，缺则全、失为满。盈亏相生、满损相益的道理，说的何止是牡丹。还有那一个鸟窝、一朵榴花、一片阳光、一阵清风、一只小鸟、一场人生，都有着自尊、自重、自强的品行。在大千世界里、在无限岁月中，均获小满。

春夏秋冬生长着“月令七十二候”。这是时光之旅，仿佛世间万物皆在此时小得盈满。万事万物哪得绝对完全彻底的美满！究其实皆为小满。小满的意义引领着芸芸众生，在有限的生命历程中去证得生活永恒的意义。或许，这本身已是大满的意义。

世界如此，浮生若斯，春秋大义，时令相继，光阴的故事百转千回后依然一往无前。哦，小满，小满……人生苦短，知足常乐，愿我们都好好的，不求圆满，但求自满；不求美满，愿得小满。

| 小满 | 苦菜花开

山东大学中心校区老教学楼东

芒种

芒种乡愁

时值芒种，布谷声欢。那不变的“布谷布谷，快快播谷”，依然让人联想起家乡和麦田。如初的熟悉、亲切，无改的热爱和思念，如今却是“一闻愁意结，再听乡心起”（唐代白居易，《早蝉》），生有芒种时节的乡愁。

| 芒种 | 核桃青青

山东大学洪家楼校区图书馆西

| 芒种 | 荷花玉兰
山东大学中心校区图书馆门前

《月令七十二侯集解》曰：“五月节，谓有芒之种谷可稼种矣。”“芒种”之“芒”，指麦类有芒作物成熟待收割；“芒种”之“种”，指谷类作物要播种。没有哪一个节气能像芒种这样更接地气更具乡气，也更让我怀乡思乡。

“杏子黄，麦上场。”校园里大杏树上，有一些杏子已黄熟，让我想起原来的家乡一大河堤的杏树林，芒种时果实累累，看果园的大爷一竿子敲上去，熟透了的香杏纷纷落下，我们一帮小孩子随便一拾就装满一篮子。那份单纯的喜悦和满足，至今难忘。

“枣花开，割小麦。”校园里枣花开了，也让我想起原来的老家院子里有好多大枣树，有瓜枣、面枣、马奶子枣、金丝小枣，芒种时都盛开出一样黄润润的小花

| 芒种 | 蜀葵花开

山东大学中心校区电教楼北

| 芒种 | 腊梅结果

山东大学中心校区齐园北

| 芒种 | 青梅初成
山东大学中心校区大成广场西

儿，花香细细若有若无，朴实无华，自在自足，就像我的小时候。

知新楼前的大木瓜树又结出青壮的木瓜。《诗经 · 卫风 · 木瓜》曰: “投我以木瓜，报之以琼琚。匪报也，永以为好也！” 木瓜也是我家乡的特产。记得当年姥姥拿成熟的木瓜放在衣柜里，染得衣服也带着香味。她还把一些木瓜摆放在堂屋的条几上，一屋子怡人的香气。

| 芒种 | 麦子熟了

山东大学中心校区生物系试验田

| 芒种 | 丝绵木结果

山东大学洪家楼校区逸夫法学院楼西

| 芒种 | 七叶树开花
山东大学中心校区知新楼后

中心校区电教楼前一排蜀葵正开着粉白、粉红、朱红的花，让我想起老家那些乡亲们的家院里、村庄的街道旁的蜀葵花，因为一般丈余高，并且是一杆上满开着花，所以又叫“一丈红”。这是家乡最常见的生命力旺盛的花，每每看见都感到亲切。

“芒种真忙，收麦上场。”生物系试验田的麦子熟了，又让我想起那年病重的父亲在病榻上听见布谷鸟叫，还念叨着：“快到芒种了，该打麦子了。芒种真忙，收麦上场……”但这个芒种，我却只能在家乡的麦地里对着父亲的坟头祭拜。生物系试验田成为山大一景，不仅是科研所需，更留得住很多师生的乡愁，可谓善莫大焉。

最爱那即将收麦的田地，沃野千里，麦子金灿辉煌铺到天边去。乡村麦田，是

| 芒种 | 榆叶梅结果
山东大学中心校区化学一号楼前

民生的根基和源头，有最殷实的人间底气，亲切、良善、淳厚。那勃勃生机与慈悲心意，内蕴于风骨，外表为忠实，随四季自然地作息和轮回，生生不已。总难忘锋芒毕露的成熟麦地，浸透了麦香、土香。这油画般质感的村庄，成为我心中圣地。

曾造句“在麦芒上享受阳光，幸福而疼痛。”若是没亲历过收割麦子的劳作，没跪哭过长眠于麦地的亲人，没枕在麦秆上呼吸过麦子香，就不能真切地明白和拥有“麦芒上享受阳光的幸福与疼痛”。被麦子喂养着，麦子也成了至亲。麦子、土地、阳光、村落、田园，于我，天然地有着生死之恩、春秋大义，有它们在，我才真正有家可依。

如今再回家乡，那些大桃树、大杏树、大枣树、大桐树、大榆树和少年时的那条河流，早已不复存在。或许我的村庄不久也将消失，麦地亦前途未卜，小满啊，芒种啊，这些本真的二十四节气景致和我们赖以为本的田园情怀，又将去何处附丽？

吾已出离愤怒和忧伤，不知还能去哪里实地印证我生命、心灵、风骨与精神的原乡。我只想说：芒种有多深切的意义，我的乡愁就有多深切；家乡有多广阔的麦地，我的乡愁就有多广阔；民间有多久远的历史，我的乡愁就有多久远。我只是不知，怎样才能像麦子那样宠辱不惊，忍得住芒种乡愁的浓郁……

| 芒种 | 枫香树叶新

山东大学洪家楼校区逸夫法学院楼东

夏至

忽而今夏

还未好好享受春天，忽见明媚阳光照着叶子一下便辉映成办公室的绿窗美意，现出夏日景象。查看日历，方知是夏至节气，遂生“忽而今夏”之感。

| 夏至 | 月季花红

山东大学中心校区留学生楼前

| 夏至 | 桃子熟了
山东大学中心校区化学一号楼前

昨夜一场新雨，让人感到校园格外明新。青草萋萋，树叶丰美，草木清荣，天地清朗，让人觉得这生机遍天地、清气满乾坤，忽而之间换新天。

夏至时节，尚无酷热和焦躁，借着万千草木繁叶荣华，欣欣向荣。时令好，草木好，校园风光好，让人心生欢喜。如果人也是这样不染世俗该多好！当然，什么

| 夏至 | 柿子青青

山东大学洪家楼校区苗圃

| 夏至 | 海棠果青

山东大学洪家楼校区二号楼前

| 夏至 | 海棠果红

山东大学洪家楼校区二号楼前

| 夏至 | 木槿花开

山东大学洪家楼校区图书馆南

| 夏至 | 构树果青青红红
山东大学洪家楼校区教堂北

也无法夺走我们内心明亮的光焰。

庄子说："人生天地之间，若白驹过隙，忽然而已。"（《逍遥游》）我读过的夏至诗句，像"寄言赫曦景，今日一阴生"（唐代权德舆，《夏至日作》）；"绿筠尚含粉，圆荷始散芳"（唐代韦应物，《夏至避暑北池》）；"人间漫未知，微阴生九原。几微物所忽，渐进理必然。"（宋代张耒，《夏至》）……也都

| 夏至 | 绣球花开

山东大学洪家楼校区六号楼前

偕着时光忽而一过。

多爱这校园夏至的草木，直叹服庄子的旷达心灵。他将白色的小骏马喻作日影，将时光之行喻作白色的小骏马自狭小缝隙前一闪而过。草木的生长是安静的，可我照着庄子的意思去观照，在一草一叶之上，都仿佛听得见那嘚嘚的马蹄声。

《礼记》有言：“夏至到，鹿角解，蝉始鸣，半夏生，木槿荣。”《月令七十二候集

| 夏至 | 商陆果青
山东大学洪家楼校区苗圃

解》解曰:“夏,假也,至,极也,万物于此皆假大而至极也。”“到”“解”“鸣”“生”“大”“荣”……好喜欢这些词,自有深意。

我在校园里忽而看半夏、木槿、石榴,忽而看白杨、梧桐、桃杏,忽而看玉兰树、木瓜树、银杏树,万物在长大、在光荣。那时令的真谛、圣人的慧心和人生的美好,均在草木自然里会意、象形。目之所及之处有如此美景,何幸!

其实,最不堪考究的是时光。它永远引导你,无止息地向前进,总是当你意识到它在时它已行过万重烟水。它和你一生息息相关却又终生独立疏离,当下的瞬间,都是忽然而已。正是在这校园里所生的红了樱桃绿了芭蕉、春日迟迟忽而今夏的感念中,我们忽然明白:“流光容易把人抛。”(宋代蒋捷,《一剪梅·舟过吴

江》）

资料显示，夏至是二十四节气中最早被确定下来的节气。这自有时光的真意、人文的情怀。时光一往无前，一切似王菲歌中所唱“忽而现又有时隐而不见的飞”。这飞逝的时光，正是由无数的瞬间组成，我们生命的本质与内容正是忽而的光阴。

“忽而今夏。”人生天地间，忽如远行客。请君莫妄言成败得失，当下里如草木一样积极生长，无负时光。人总要活出些草木一样的善美襟怀、清健精神。“路漫漫其修远兮”（东周屈原，《离骚》），上下求索即意义。谨记丰盈生命、珍重光阴，不为过往伤怀。

| 夏至 | 接骨木果实青青

山东大学洪家楼校区二号楼前

小暑

小暑归宁

《月令七十二候集解》言小暑："六月节……暑，热也。就热之中分为大小，月初为小，月中为大，今则热气犹小也。"《月令采奇》言小暑："热犹未甚者言也。"盛夏自小暑开始，在这炎热而尚未达到最热的天气里，我还是喜欢到山大校

| 小暑 | 椿树结出翅果
山东大学洪家楼校区二号楼西

| 小暑 | 紫薇花开

山东大学趵突泉校区医学院门前

园草木间感知时令。

时至小暑，好像应是“花事了”。其实人间四季有花开——我看见了葵花、莲花、蜀葵花、木槿花、飞蓬花、紫薇花、凌霄花、丝瓜花、蔷薇花、月季花，合欢花也还在欢实实一树树地开，而石榴、苹果、木瓜、桃子、柿子、海棠果、无花果，果子虽青得不同，却都在一天盛似一天。

| 小暑 | 山楂果青

山东大学趵突泉校区综合楼南

再次想起春夏间的桃花、杏花、榴花等等那些花儿，我知道它们都去了哪里。它们在时光流转中化为果实。

古人将小暑分为“三候”：“一候温风至；二候蟋蟀居宇；三候鹰始鸷。”（《月令七十二候集解》）风变得温热，小蟋蟀离开田野到庭院墙脚下避暑，老鹰搏击长空，变得凶猛。蟋蟀回到庭院，老鹰回到长空，都是归宁。还有热归于

| 小暑 | 接骨木果始红

山东大学洪家楼校区二号楼前

| 小暑 | 无花果初成

山东大学中心校区学人大厦南

暑天，花朵归于果实，夏至归于小暑，万事万物各归其性。众生各安其道，各得其所。

季节自有其好，炎夏也自有可喜之处。金代诗人庞铸写下《喜夏》定也是心怀清喜的：“小暑不足畏，深居如退藏。青奴初荐枕，黄妳亦升堂。鸟语竹阴密，雨声荷叶香。晚凉无一事，步屧到西厢。”中心校区竹林正叶青荫密，兴隆山校区荷塘正荷风送香，各校区小树林里的鸟语依然可人。与其说这是深居和退藏，不如说是安居和归宁。时光可喜，当下即安，安即归宁。

中心校区、洪家楼校区、趵突泉校区都有作为行道树的国槐，茁壮茂盛，落花正纷纷归地，散发着清苦气味。这让我想起少年时在老家的门楼穿堂里，睡在竹床上眯眼儿听蝉鸣，院墙外国槐的花儿也是这么盛盛地开着、落着，花开花落都那么安宁。

| 小暑 | 曼陀罗初花

山东大学趵突泉校区药草园

| 小暑 | 欧李果红
山东大学洪家楼校区苗圃

紫薇花此时开得最兴旺。我原来的办公室在文史楼一楼，窗外就有一株开花的紫薇，碧绿的叶子衬着风姿绰约的花枝，婆娑着，掩映着，与阳光一起形成花窗。“紫薇开最久，烂漫十旬期。”（明代薛蕙，《紫薇》）长放半年花的紫薇，归宁在自己的长盛花期里。

小暑节气，山东民间有“食新”和“请姑娘”的习俗。新麦新入仓，农忙不甚忙，那就“六月六接姑娘，新麦饼羊肉汤”，请回来出嫁的女儿享受团圆之乐。这

| 小暑 | 石竹花开
山东大学趵突泉校区药草园

也像特为学生和家长而应衬。放暑假了，大多数学子回家消暑休假，归依父母，自是温馨。《诗经·葛覃》就有言“归宁父母”。儿女归宁，由时令代请，这温暖亲情，热如小暑。

“六月六，晒红绿。”小暑民间还有“晒伏”的风俗。太阳盛，除潮湿，去蛀虫，可晒衣物、书本等。传统里读书人家还将此日称为“晒书日”。“晒”已是现行网络用语。新学年结束，大学生们也是晒——晒学期成绩、毕业成绩，晒毕业

| 小暑 | 桔梗花开
山东大学趵突泉校区药草园

照、毕业证，晒工作单位。这是特属于高校的“晒红绿”。这“晒”归结为收获，归宁于成长，承前启后，都是岁月安好。

很感怀小暑节气的这种归宁，年年归宁如斯。有父母恩情、家乡亲情、母校之情、师生之情、同学之情作养分，多少记忆和情愫历久弥醇。回归，反刍，继而才能真正懂得知足、感恩和自新，让生命始终丰盈自尊。人的每一程成长和收获、每一份出发和回归，都是归宁。

大暑

尽有苍绿

很喜欢张爱玲散文里引用的那句“你尽有苍绿”。苍绿本意是含有光泽的深绿，但我觉得苍绿还得再带些苍茫气息，才更有辽远、清阔、蕴藉之味，更契合人们对“苍绿”一词的印象。

| 大暑 | 芝麻开花结果

山东大学趵突泉校区药草园

| 大暑 | 枳果青青
山东大学趵突泉校区三号楼西

《月令七十二候集解》释曰:“暑，热也，就热之中分为大小，月初为小，月中为大，今则热气犹大也。”《岁序总考全集》曰：“大，极也，盛也，暑热也。季夏湿热之气极盛，月半转大，故谓之‘大暑’。”

大暑是一年中最热的时期，校园里的植物长势最为迅疾、旺盛、繁茂。树叶、草叶、庄稼叶，生成树绿、草绿、庄稼绿，到处绿色葱茏，深浅浓淡之间相应成绿色系的艳绿、翠绿、碧绿、浓绿、劲绿、大绿。这些都是暑绿，因生机蓬勃、兴旺饱满、广大壮阔，而为苍绿。

大暑时节的阳光热烈到极致，雨水也丰沛到极致。万绿疯长，豪情万丈，大地遂成绿的汪洋。那是绿的辉煌，达到绿之峰巅；那是绿的狂欢，谱就绿的交响。

绿代表着生机和活力，是表征也是内容，是气质更是本质。想起梵高画下的向

| 大暑 | 竹子青碧
山东大学中心校区邵馆东

日葵和丝柏，极尽生机活力。每个大暑里梵高都仿佛复活了，将各式的绿在画布上尽情挥霍。

古人将大暑分为“三候”：“一候腐草为萤；二候土润溽暑；三候大雨时行。”（《月令七十二候集解》）“轻轻化出绿芜丛”（唐代徐寅，《萤》），我愿意相信萤火虫由腐草变化而来。那特有的荧绿多神气！土润溽暑，更是“绿”润

| 大暑 | 荷叶新翠

山东大学兴隆山校区荷园

| 大暑 | 葵花盛开

山东大学中心校区化学二号楼前

| 大暑 | 柿果壮实

山东大学洪家楼校区苗圃

| 大暑 | 青桐叶荣

山东大学洪家楼校区二号楼前

溽暑。雨水被绿相映，是苍绿水润的写意。

“平分天四序，最苦是炎蒸。”（宋代方回，《乙未六月大暑》）酷热是大暑的特性。《春秋繁露·五行五事》曰：“大暑隆，万物茂育怀任。”说的是大暑育草木、益民生的功用。民谚有“大暑不暑，五谷不煮”“不热不冷，不成年景”的说法。宋代戴复古写道：“天地一大窑，阳炭烹六月。万物此陶镕，人何怨炎热。君看百谷秋，亦自暑中结。”（《大热五首·其一》）庄稼须刻意地度过这炎蒸，方能苦尽甘来，获得五谷丰登。

众物各展抱负、各争其时，因了各安其命、各守其则的生长，才能和谐共荣，美好大同，一切生机便有了尊严和美的秩序。原来，好年景就在于四季有序，万物相生，阴阳平衡，顺天承命。

苍绿尽有，再热的暑天都不让人厌弃。在校园草木清气的苍绿里，我们浮躁驿

| 大暑 | 皂荚结果
山东大学中心校区世纪林

| 大暑 | 尽有苍绿

山东大学趵突泉校区四号楼东

| 大暑 | 一排灰灰菜
山东大学中心校区邵馆东

动的心，终会融入绿的安宁、草木的安宁、生命本质的安宁。

这时兴隆山校区莲花盛开，尽有“接天莲叶无穷碧”（宋代杨万里，《晓出净慈寺送林子方》）的苍绿，更开出清逸的花。这真是一种超拔与升华，将大暑引领到另一高地和境界。世间俗热，莲花净而不染心，恪守清净光明。

多少次大暑时节穿过校园的小树林，走近草地、试验田，闻着泥土与庄稼、草木溽热发酵的气息，真切，亲近，觉得自己的生命气息就生长在其中，彼此渲染，贯通圆融成大暑的“尽有苍绿”，为下一步的结果和丰收全力奠基。

大暑时分，我甘愿清空自己的心田，让生机之绿尽染，让阳光照彻心底。如果我无所辜负地尽心生长着，就好想对自己说：“我，尽有苍绿。”

秋

立秋
处暑
白露
秋分
寒露
霜降

立秋

一叶知秋

《淮南子·说山训》言："见一叶落而知岁之将暮。"这是成语"一叶知秋"的出处。相传梧桐是灵树，能知岁时。陆游诗曰："半廊月白初侵夜，一叶桐飞忽报秋。"《广群芳谱·木谱六·桐》有记："立秋之日，如某时立秋，至期一叶先

| 立秋 | 马褂木一叶初黄
山东大学中心校区齐园北

| 立秋 | 石榴熟了

山东大学中心校区留学生楼前

| 立秋 | 枳果黄熟
山东大学趵突泉校区三号楼西

坠。故云‘梧桐一叶落，天下尽知秋’。” 唐宋时，立秋之日民间百姓皆戴楸叶，以应时序，还有将石楠红叶剪刻成花瓣簪花的风俗。我看着校园里高大的楸树和被修剪成球形的石楠，虽无明显“应时序”的秋意，但想象着戴楸叶的样子、簪石楠剪花的样子，觉得真是自然风雅。

报秋的也不只是梧桐叶。现时在校园里，除了看到梧桐叶、泡桐叶和法桐叶赶早的几许叶黄，我还看见马褂木树叶落下几件“黄马褂”，柿树上也现出两三片红

| 立秋 | 国槐荚果串串珠

山东大学中心校区明德楼北

| 立秋 | 无花果熟了

山东大学中心校区学人大厦前

| 立秋 | 海棠果初熟

山东大学中心校区图书馆门前

叶，洪家楼校区小树林里的一棵杨树最早明黄了群叶，万绿丛中像是先知先觉，它们也都在知秋报秋。

《月令七十二候集解》解立秋："七月节，立，建始也。秋，揪也，物于此而揪敛也。"秋天自此开始，万物内敛而涵养，大千草木收敛起茂盛张扬、恣肆奔放的一面，开始消减绿意直至叶黄、叶落。

每一片叶子的成长都是时光的印证、节气的印证。我在校园里观察到，同一

| 立秋 | 银杏叶初染秋

山东大学洪家楼校区六号楼西

| 立秋 | 苘麻果熟了

山东大学趵突泉校区药草园

| 立秋 | 枣子青青

山东大学中心校区文史楼北

棵杨叶即可表征春夏秋冬四季的行程：春天最先萌生的叶子为苍绿，后生的叶子绿色渐减，从树干中游到树梢，叶子沿着生长的次序而表达为苍绿、墨绿、翠绿、嫩绿，同一片树叶的颜色也有季相变化。这变化不是一蹴而就，而是由新绿到老绿，由淡绿到浓绿，再渐次枯黄和凋落的过程。每一片叶子也在抒写着自己的二十四节气。

草木春秋，每一天的叶子其实都不一样。阳光要热烈到足够、雨水要滋润到足够，才得秋之丰收。时至立秋，叶子虽微不足道，但对秋之来临自是全然懂得。

古人将立秋分作“三候”：“一候凉风至；二候白露生；三候寒蝉鸣。”（《月令七十二候集解》）凉风来了，叶子应声落；白露生成，附着于叶子上；寒蝉鸣叫，藏在叶子间。原来一叶知秋，也是指这份相知。这样与秋相知，与秋之风物相知，与时光、世界相知，天地即显得多情有信。

| 立秋 | 柏树结果
山东大学洪家楼校区二号楼前

一叶有灵，最懂得日月的变换、时令的真情。它懂得时令的真情就尽情成长，懂得日月的变换就珍重光阴，懂得自然的慈悲就自觉修行。由青春到苍黄，由繁荣到凋零，这不是衰败，而是长大、熟成，是自修自满、生生不息。

我也如这草木感知着秋天，识秋，知秋，亦丰盈着自己生命的秋。只是我的果实不是谷子、玉米、芝麻、大豆，而是内心力量——这是我美好的秋收。

处暑

何以自处

《月令七十二候集解》言处暑："七月中，处，止也，暑气至此而止矣。"《群芳谱》言处暑："阴气渐长，暑将伏而潜处也。"处暑是反映气温由高到低变化的一个节气，表示酷暑即将过去，金秋郑重来临。果然，处暑时节，济南多天的

| 处暑 | 清晨的杨柳

山东大学洪家楼校区体育场东

| 处暑 | 旋覆花盛开
山东大学中心校区文史楼南

高温预警解除，金风初送爽，终于可说一声“天凉好个秋”。

处暑时节，寻思着处暑之“处”，觉得挺有意味：处暑处暑，何以自处？《说文解字》言：“处，止也。”“处暑”就是“出暑”“去暑”“末暑”之意。“处”字，是消减、退却、终止、潜藏的意思，也包含新的开始的意思。无论是暑气的结束，还是秋意的来临，都是一种自处。冷与暖、阴与阳、荣与枯、此节气与彼节气、时光与时令，个个自处又相生相得。

古人将处暑分为“三候”：“一候鹰乃祭鸟；二候天地始肃；三候禾乃登。”（《月令七十二候集解》）用现代白话文说，这“三候”就是：老鹰开始大量捕猎鸟类；天地万物开始萧瑟凋零；黍、稷、稻、粱等农作物开始成熟。如此，老鹰以猎鸟、天地以冷肃、庄稼以成熟的方式自处，也这样与秋相处。

“立秋处暑天气凉。”“立秋三场雨，扇子高挂起。”“处暑雨，粒粒皆是米。”“处暑高粱白露谷。”“处暑好晴天，家家摘新棉。”“处暑见红枣，秋分打净了。”“处暑栽白菜，有利没有害。”自古流传下来的这些谚语，如今在校园里也依然应时落实。

处暑时节秋意渐现，暑热浊蒙的天空开始变得湛蓝悠远，云彩也变得疏白，由浓重变轻盈，变成“七月八月看巧云，蓝天白云爽人心”的“巧云”“白云”。放眼看看校园天空，也体会出秋高气爽的意思了。

“立秋十八天，寸草结籽忙。”说的就是处暑的草籽渐趋成熟，校园众草木也

| 处暑 | 木瓜青壮
山东大学洪家楼校区艺术楼东

| 处暑 | 山麦冬花开

山东大学中心校区图书馆西

| 处暑 | 小树林郁郁葱葱

山东大学中心校区小树林

| 处暑 | 阳光为女贞树叶镶上金边
山东大学中心校区化学二楼北

都逐渐成熟，走向丰登——木瓜又青壮了不少，枣树上也有红枣可见；广玉兰的种子红了，射干的种子亮如黑晶；泡桐树已新生出花蕾，女贞树的果实密密匝匝地繁盛……

这时天地有了清气，学子们晚自习后走在安静的校园里能听得到秋虫声。那咭咭哝哝、嚯嚯嚓嚓的清鸣就是秋虫们的自处。不觉间秋渐深，这秋虫之鸣多像一种惜时提醒啊！春去秋来，可是春华秋实？

| 处暑 | 广玉兰种子红了

山东大学中心校区邵馆前

处暑 | 射干种子亮晶晶

山东大学趵突泉校区药草园

| 处暑 | 女贞果青青

山东大学中心校区稷下广场

| 处暑 | 桐树新花蕾
山东大学趵突泉校区三号楼南

沿袭下来的处暑时节的一些民俗，像“七夕”的乞巧活动，像“中元节”的祭祀、“放河灯”活动，像出游迎秋活动以及处暑吃鸭子、吃鱼宴的食俗等，既是人在处暑的自处，更是对大自然的尊重。

真诚地懂得和认知，忠诚地遵循和顺应，即是对天地、自然、自生深情而庄矜的相信。“处”字引申为自持与自我安置之意——众生善于自持、各得其所、各安其命。

《尔雅》中七月也被称为“相月”。我愿意将“相月”用于处暑时节。这“相”是天地与万物的互爱互助、相连相通和相护相生。众生相处，万物熟成，天行健，地势坤，厚德载物。万物都在自己的路上，皆有信有时。当立则立，生命这般自足自重，众生方有尊严从容，才有山河安然、岁月可敬。

白露

白露诗经

“蒹葭苍苍，白露为霜。所谓伊人，在水一方。”《诗经·秦风·蒹葭》里这样的句子太过优美而深入吾心，以至于一提起白露节气，我就想起《诗经》里的这句“白露为霜”，亦自以为是地将《诗经》看作白露节气名号的缘起。

| 白露 | 草尖清露
山东大学洪家楼校区艺术楼南

| 白露 | 马兰花开
山东大学中心校区世纪林

露水并非仅仅在白露时节生成，只是此时的露水更为晶莹、清艳、丰美。《月令七十二候集解》解白露：“八月节，秋属金，金色白，阴气渐重，露凝而白也。”清亮的白露为天地更添一味清秋意蕴。

“白露”之名，天生带着一味不食人间烟火、楚楚动人的美。“露”冠以“白”，美得不可方物，平添一段风流。一直以为白露在《诗经》里最美，也一直觉得《诗经》里写及的露水均当在白露节气为好，一己私心又自以为美地默念一

| 白露 | 银杏果熟了
山东大学中心校区图书馆前

声：白露诗经。

“蒹葭苍苍，白露为霜”“蒹葭萋萋，白露未晞”“蒹葭采采，白露未已”……这一番重章迭唱将婉约的伊人、清宁的秋水与苍青蒹葭上的白露阳光相和，清婉多情而无颓然哀伤，遂成白露风景的千古绝唱。

“湛湛露斯，匪阳不晞。”“湛湛露斯，在彼丰草。”“湛湛露斯，在彼杞棘。”《诗经·小雅·湛露》里的这份歌唱，加深了露水的清湛印象。这也是对白

| 白露 | 飞蓬花开
山东大学中心校区理综楼北

| 白露 | 昙花一现
山东大学中心校区明德楼北

| 白露 | 蒹葭苍苍

山东大学兴隆山校区天工湖

| 白露 | 紫花地丁

山东大学中心校区文史楼北

| 白露 | 脆柿子熟了

山东大学洪家楼校区苗圃

| 白露 | 牵牛花开

山东大学兴隆山校区天工湖北

｜白露｜棣棠花开
山东大学中心校区稷下广场

露的乐歌。湛湛白露与“显允”的君子互见其义，露水湛湛与寓情之殷殷、德之昭昭，一样可歌。

《诗经·小雅·蓼萧》里“蓼彼萧斯，零露湑兮”“蓼彼萧斯，零露瀼瀼”“蓼彼萧斯，零露泥泥”“蓼彼萧斯，零露浓浓”的递进起兴，那抒写有致、章章推展而祝颂的，也是白露之美，是对大自然的溢美之词。

《诗经》里将露水写得最为清嘉可人的莫过于《郑风·野有蔓草》：“野有蔓草，零露溥兮。有美一人，清扬婉兮。邂逅相遇，适我愿兮。野有蔓草，零露瀼瀼。有美一人，婉如清扬。邂逅相遇，与子偕臧。”且不论是否两情相悦，看整篇内容更像是对草露的赞扬。字字珠玑，亦像是草露自己的清歌。那“零露溥兮”和“瀼瀼”，那“清扬婉兮”和“婉如清扬”，都如人所愿、使人喜悦。这是最美好的遇见，唯《诗经》堪作源头。

兴隆山校区里就有其他校区难见的蒹葭诗意。校园里的天工湖，被芦苇环绕。芦叶青春时，叶色染绿了湖水，特别清美。芦叶秋黄时，芦花始飘逸，风来自婀娜，朴华终有致。尤其是清澈的湖水倒映着芦苇优美的身姿，这时再咏起《诗经》的白露篇章，自是一种好的美育。

曾在所住的普林斯顿大学寓所的湖边草地上，看着朝露待日晞的美景，忆起白露节气时用相机照下的山大的草尖露珠，更觉“露从今夜白，月是故乡明”。也曾在秋夜草丛冷露的清凉里与远方亲友通话，亦觉出《诗经·邶风·式微》的“式微，式微！胡不归？微君之故，胡为乎中露！”有一种应景的诗意。“所谓伊人，在水一方”，在异国他乡，怀想的却是祖国家园的清露明月，也算不枉一片冰心。

曾想着：是《诗经》将白露美化了，还是那在彼丰草、那为霜白露比兴了《诗经》之美，还是先民那本真的自然情怀赋予了《诗经》以诗魂、赋予了草露节气以美神？我相信兼而有之。《诗经》诗意了人间多少荒烟蔓草岁月的心灵旅程。白露，我喜欢通过《诗经》找到你；《诗经》，我爱着白露就是爱着你。当朝阳升起，我甘愿汲取星光、怀抱露水，对《诗经》解语，为节气祝颂，向阳光朝圣。

秋分

秋以为期

秋分时节，秉持一份清气，再读《诗经·氓》，格外喜欢那单纯的四个字：“秋以为期。”于我，此时秋的一切都可期盼。最喜欢秋分之秋，又淳朴又娇娆，又丰实又清高，又沉静又光荣。古籍《春秋繁露·阴阳出入上下篇》曰：“秋分者，阴阳相半也，故昼夜均而寒暑平。”寒暑平的秋分，无春的青涩、夏的炎热，也无暮秋的凋零、严冬的冷酷，正是人说的凉风习习、碧空万里、风和日丽、秋高气爽、丹桂飘香、蟹肥菊黄、美好宜人的时节，即使在闹市里山大校园有限的地域来赏秋，亦如期如意。

月是此时明。隔着法桐树枝看知新楼当头满月，真是天心月圆的美好。东汉学者应劭注《汉书》云：“天子春朝日，秋夕月，拜日东门外朝日以朝，夕月以夕。”说的就是秋分祭月的古风。最初的祭月节定在秋分日，后为取圆月之美而调至中秋。“皓魄当空宝镜升，云间仙籁寂无声。平分秋色一轮满，长伴云衢千里明。”（唐代李朴，《中秋》）“暑退九霄净，秋澄万景清。星辰让光彩，风露发晶英。能变人间世，翛然是玉京。”（唐代刘禹锡，《八月十五日夜玩月》）再没有比这更美满的月了！中秋佳节亦成了团圆和天伦之乐的期许。

水是此时清。“落霞与孤鹜齐飞，秋水共长天一色。”（唐代王勃，《滕王阁

| 秋分 | 野菊花秀

山东大学兴隆山校区欣园西

序》）“秋水泻明河，迢迢藕花底。”（宋代王安石，《散发一扁舟》）“仙风入骨已凌云，秋水为文不受尘。”（宋代苏轼，《次韵王定国得颍倅二首·其一》）“怎秋水文情，春山媚妩，都属氤氲。”（清代赵细琼，《木兰花慢·〈小螺庵病榻忆语〉题词》）古诗意中的秋水之美，会意于兴隆山校区天工湖的湖水秋光，再没有什么水堪比秋水那般明净、清宁。

天空是此时高远。站在大成广场的红旗下，也能感到“其容清明，天高日

| 秋分 | 黄栌叶红

山东大学兴隆山校区图书馆前

| 秋分 | 地丁结籽

山东大学中心校区文史楼前

| 秋分 | 乌桕果绿

山东大学中心校区齐园北

| 秋分 | 棉花白了

山东大学中心校区生物系试验田

晶”。（宋代欧阳修，《秋声赋》）阳光不徐不厉，和煦正好；晴空一碧如洗，湛蓝纯粹；秋云随意舒卷，轻灵曼妙。

校园里恰桂花为清秋添香，秋菊为秋花代言。很多树那春萌夏荣的叶子已黄黄红红，性情升华，铅华洗尽，如期自新。吾偏爱兴隆山校区那清秀洗练铺地而开的野菊花、野蒲公英的花，那是海子诗歌里“野兽的琴”、“安详燃烧的灯”、“和平与情歌的村庄”、“大地彩色的屋顶”，美意自生。

校园里的苹果、梨子、石榴、红枣、山楂、木瓜，硕果累累。山东大学最大的银杏树生长在洪家楼校区图书馆前，树上结满了银杏果。很多银杏果已经变得橙黄。几棵大柿树上的柿子，不少已经全红。乌桕的蒴果尚呈绿色，栾树的果实却已变红，就像满树挑起红灯笼。果实总是充满喜感，喜气盈盈。

| 秋分 | 栾树果红

山东大学中心校区北门

| 秋分 | 山楂红了

山东大学中心校区稷下广场

| 秋分 | 晚柿初黄

山东大学中心校区齐园北

| 秋分 | 酢浆草花黄

山东大学中心校区文史楼前

| 秋分 | 无患子果熟
山东大学中心校区明德楼南

好喜欢这秋花、秋果、秋草、秋风、秋月、秋阳、秋天地，它们蕴含着多少有约无约的忠实情义！世事虽无常，人心多变故，但总有些法则无可改移，总有些感情不可辜负，总有些美好无所离弃。生活中的恪守与进取才是真正的意义，一如当下好个秋，尽可期许。

秋分的一切都那么值得深爱和珍惜。四季循时，周而复始，至此更知乾坤天地、大仁大义的真谛。最喜爱的秋天可以为期，时光与人生、自然与运命、节气与心灵都让人礼记：“苟日新，日日新，又日新。”（《礼记·大学》）

寒露

寒露物语

二十四节气是个一统的过程。一个节气一个时段。古人委实智慧，将节气划分得恰如其分。节气各有其物候，古时为每个节气标立三候，即有了“月令七十二候”来特意表明当时当令。而物候何止七十二？万物与节气对应皆表其“候”。寒

| 寒露 | 柿子红了
山东大学中心校区邵馆前

| 寒露 | 桂花飘香
山东大学中心校区小树林北

露时分，我喜欢到校园中适时感受，倾听大地此时的物语。

露水地里湿红鞋。清早，我穿着浅口绣花布鞋踏进紫花地丁草丛，想到这句民歌时，脚面也感受到露水清凉。《月令七十二候集解》解寒露：“露气寒冷，将凝结也。”谚语云：“寒露寒露，遍地冷露。”“白露身不露，寒露脚不露。”说的就是此时天气转凉，露水变冷生寒，提醒人保暖。露虽凉，却未冷到凝结之时，依然秋高气爽。

紫花地丁春秋两季开花。时值秋天花期，在嫩绿色的叶间，小紫花繁盛一片，阳光朝露下清清亮亮，开得简直比在春天时还好。此时节还有不少花开——枸杞、马兰、繁缕、飞蓬、月季、红蓼、鸭跖草、黄鹌菜、旋覆花、大丽花、阿拉伯婆婆纳等都开得兴致勃勃。这秋花开得如春花一样娇娆，其叶返青，不见沧桑。寒露润

| 寒露 | 木瓜熟了
山东大学中心校区知新楼前

盛如春雨，滋养得花开二春。

柿子红了，石榴红了，山楂红了，构树果青红相和。忍冬果、火棘果现出红意，但还不到最红之时。海棠、杜梨、山荆子、君迁子的果实，黄白相渗的成熟着。木瓜也黄润润的，长出了香气。银杏叶满黄了几枚，更多的仅描黄了叶边儿，有绿萝裙黄花边儿的美感。除了些许的黄叶、红叶，大多数树木还都是绿叶，却已

| 寒露 | 初红的金银木果子

山东大学洪家楼校区公教楼东

| 寒露 | 枸杞红了

山东大学洪家楼校区苗圃

| 寒露 | 初红的石榴叶

山东大学趵突泉校区药草园

| 寒露 | 稻子熟了

山东大学中心校区生物系试验田

｜寒露 ｜菊花清秀

山东大学趵突泉校区药草园

绿得有些苍老了。

寒露时节，多有几日小阳春天气，被称作“桂花蒸”。果然桂花已开出暗香。最喜欢李清照的桂花好意：“情疏迹远只香留”，“自是花中第一流”。（《鹧鸪天·桂花》）《红楼梦》中宝玉挨打后得母亲送“木樨清露”。木樨即桂花，这又是桂花又是清露的，好物当是寒露时做成的吧。

古人将寒露分作“三候”：“一候鸿雁来宾；二候雀入大水为蛤；三候菊有黄

| 寒露 | 乌桕果白
山东大学中心校区稷下广场

华。”（《月令七十二候集解》）有谚云：“寒露菊花开。”菊花此时兴盛绽放。闹市菊展无须看，最爱山里的小野菊，一丛丛、一片片，黄灿灿如阳光照耀，开得无辜烂漫。“花气薰人欲破禅”（宋代黄庭坚，《绝句》），那天在兴隆山校区梦溪桥边嗅着怡人花香，觉得野菊才是真正的“花之隐匿者”。淡泊的陶渊明“采菊东篱下，悠然见南山”（魏晋陶渊明，《饮酒·其五》），所采之菊当是野菊，而山大人在这南山也是“采菊悠然见”了。

念及鸿雁，就来了怀乡之意。望望校园上空的天，想起小时候在家乡看到的天空中飞过的“人”字形雁阵，惹出又惆怅又向往的情绪。

校园试验田的稻子熟了，有学生在种麦子，让人想起寒露一些谚语：“寒露到霜降，种麦忙又忙。”“小麦点在寒露口，点一碗，收三斗。”“寒露时节天渐

| 寒露 | 君迁子果熟
山东大学中心校区图书馆北

寒，农夫天天不得闲。小麦播种尚红火，晚稻收割抢时间。”山东平原上又是一番繁忙景象。花生、大豆、水稻、棉花丰收，耕地、整田、抢墒、造墒、种麦，土地轮作，四季勤勉，大地那坦荡的土香，在水泥森林里我也闻得见。

寒露，是露水经秋由露白到露寒，是秋的推进和深入。坦生在天地间的万物都在无所辜负地成熟，个个都是对季节的响应与印证。静静聆听其物语的真诚阐述和由衷抒情吧！那是季节在唱游：这大地上歌声如风。

霜降

成全之美

《月令七十二候集解》解霜降："气肃而凝露结为霜矣。"时令至此，天气又添冷肃。古人将霜降分作"三候：一候豺乃祭兽；二候草木黄落；三候蜇虫咸俯。"这"三候"让人觉得严酷。而春夏秋冬顺延而来的一个个节气，无不相互渗

| 霜降 | 火棘果红了

山东大学中心校区图书馆北

| 霜降 | 枇杷花开
山东大学中心校区邵馆前

透，相辅相成。其实，霜降不是肃杀，不是暴虐无情的开始，而是含情的降临、多情的促进、深情的成全。

《逸周书·时训》记曰："霜降之日，豺乃祭兽。"传说霜降之日，豺狼到树林深处，将猎捕来的野兽美味摆放好，然后对天长嚎。传说这是豺狼的祭祀，在祈求神明宽恕它的弱肉强食。

霜降成全了此时草木万象的特色之美。霜降杀百草。校园里大片草地，满目枯黄，苍苍茫茫。霜天不到，再好的露水仿佛也只是清浅润色，必得冷到凝霜，经过霜的斧正，叶子才黄出一番淋漓尽致、红出一场赤诚丰盈。那“霜叶红于二月花”的美轮美奂唯霜降天成。

“万里霜天竞自由。”在这秋天最后一个节气，校园里叶子的颜色五彩纷呈。火炬树、黄栌树、柿子树、爬山虎、枫树、槭树、杨树、槐树、银杏树，众叶金黄、彤红、苍绿、浅橙，熠熠生辉。霜降成全了树木的溢彩流光。那是红的朝圣、绿的升华、叶的涅槃，是对秋天最美的成全，真正实现秋之丰饶而容平的美满。

秋叶成熟沛然，宛如春花盛开怒放。不，那层林尽染，比春花绽放更壮丽、更盛大、更浩荡。不是枯萎谢幕，而是叶落归根的温暖，归于大地，归于时令，归于自生。隆重，酣畅，庄严，深情——山大草木成全着此时校园的秋美风景。

| 霜降 | 金银木果实红
山东大学兴隆山校区牡丹园南

| 霜降 | 白蜡树叶黄灿灿

山东大学中心校区学人大厦西

金银木的果实缀满枝头，颗颗如小小红宝石般红亮，寒霜成全了其红。楝树结满了楝子，寒霜成全了其黄。枇杷花开，寒霜成全了其香。中心校区道路旁的两排白蜡树，秋色连波，华彩出众，以交错的黄灿群叶，铺天曜日，光辉一路，寒霜成全了其光。

齐园餐厅北边的柿树叶子红了。我挨着树干站在树下仰视，树冠将视野完全盈满，即刻金秋加冕、红霞满天。最好看、最动人的依然是树上阳光照，照得树影缥

| 霜降 | 麦苗上顶着清露

山东大学中心校区生物系试验田

| 霜降 | 柿叶红了

山东大学中心校区邵馆前

| 霜降 | 枫叶、银杏叶之静美
山东大学中心校区化学一号楼前

缈、红光闪耀。

大城广场的七十二棵银杏树，叶色黄亮。阳光金亮亮的，再辉映着银杏叶黄，光与叶相得益彰。生命总在做着无可免除的自我选择与成全，就像这些春萌夏荣秋黄的叶子，超越了命运磨砺，净化了浮世烟尘，升华了岁月性情，勇于自新、光彩重生。

回了一趟老家。那些棉花柴、玉米秸、大豆秸、高粱秆、谷子棵、地瓜秧，又

| 霜降 | 海桐种子红

山东大学中心校区稷下广场

都收晒在村中，它们从田野回到家院，继续成全庄稼人质朴的日子。还有些待收的红薯，进一步霜打后红薯会更沙甜好吃。

麦子已新生，新新麦苗，一柄柄小“绿剑”，直指青天。那青春之力，生机无限。朝阳下霜融成露，挂在叶尖，晶莹剔透，直亮人的眼。麦子是暮秋至一冬最好的田园风景，以丰收可期的气象安抚着苍凉的时节，以最坚韧的新绿成全了冬天里的“春天”。

| 霜降 | 牡丹叶红
山东大学中心校区邵馆前

素面朝天的大地上，有烤地瓜、燎花生的柴火，更有村庄里升起的炊烟。“暧暧远人村，依依墟里烟。”（魏晋陶渊明，《归园田居·其一》）那村里的灶火、田间的明火、阳光与土地蒸腾的地气，云烟氤氲，阳光下有动人的蓝。这田园的人间烟火，深入人心，成全了游子最好的相思。

冬

立冬
小雪
大雪
冬至
小寒
大寒

立冬

深情立冬

立冬，时序进入冬令。《月令七十二候集解》曰：“立，建始也。冬，终也，万物收藏也。”意思是说立冬时，秋季作物全部收晒完毕入仓，动物也要藏起来准备冬眠，冬藏伊始。这冬仿佛无情。其实，休养生息实乃生命真谛。冬对生命固有

| 立冬 | 樱树叶黄
山东大学中心校区公教楼南

| 立冬 | 石榴叶黄

山东大学中心校区留学生楼南

厚谊，并非小情小惠，而是大仁大义。

古人将立春、立夏、立秋、立冬合称“四立”。每逢“立节”，必隆重以对，祭祀、祈福、卜岁、庆丰收，感念天地和百姓，都郑重其事。《礼记·月令》有记：“某日立冬，盛德在水。天子乃齐。立冬之日，天子亲率三公九卿大夫，以迎冬于北郊。还反，赏死事，恤孤寡。”这“迎”“赏”“恤”字，温良有情。

李白《立冬》诗曰：“冻笔新诗懒写，寒炉美酒时温。醉看墨花月白，恍疑雪

| 立冬 | 石楠果红
山东大学中心校区邵馆前

| 立冬 | 朴树叶黄
山东大学中心校区世纪林

| 立冬 | 枫叶红了

山东大学中心校区蒋震图书馆前

满前村。”意思是新诗可以不写，美酒不可不温，醉眼看墨花月白如雪也似诗。这是诗仙立冬时节的醉意诗情。但山大师生在立冬却不会冻笔懒写，工作，学习，安之若素，依然情意融融。

清代史料笔记《清嘉录》记载：“乡田人家，以草药酿酒，谓之冬酿酒。有秋白露、杜茅柴、靠壁清、竹叶青诸名。十月造者，名十月白。以白面造曲，用泉水浸白米酿成者，名三白酒。其酿而未煮，旋即可饮者，名生泔酒。”这冬酿酒读着就觉出一派暖意，亲口品尝当温润至心。这立冬美酒正是草木、泉水与乡人合力的精粹深情。

立冬情深，最亲近人的是：“立冬补冬，补嘴空。”“立冬不端饺子碗，冻掉耳朵没人管。”唯有亲人才有这样切身的叮咛。立冬如此可亲！秋冬之交，“好吃不过饺子”，一家人包饺子、吃饺子，团团圆圆，热热闹闹，真情交汇，亲情融

| 立冬 | 银杏叶黄

山东大学中心校区公教楼前

| 立冬 | 玉兰叶黄

山东大学中心校区图书馆南

合，多么温馨美好！山大各餐厅每年冬天都根据节气为大家准备饺子，也是一番校园真情。

冬天到了，春天还会远吗？迎冬即是迎春，怀持丰收的喜悦与满足，心生感恩与期盼，珍重眼前当下，祈福来年祥瑞，一番辞旧迎新，让岁月愈显多情。普天同庆，皆大欢喜。最高的文明，是如此这般天人合一。

春耕夏耘，秋收冬藏。四季有序，万物循时，天地守信。每个节气，都是草木生长的要点，点点意味深长。一年年节气轮回，一程程草木生长，生机相续，生生

| 立冬 | 槭树叶红

山东大学中心校区图书馆南

| 立冬 | 女贞果熟

山东大学中心校区公教楼前

不息，流转天地盛情好意。

秋天丰实喜庆地走了，冬季朴素清简地到来，有高歌、有密语，有交响、有清唱，都是诚挚的抒情。冬藏不是退避和消弭，而是顺应和积蓄，是珍存和善待，是回归，是孕育。养精蓄锐只为厚积薄发，天地间依然生机内蕴，活力遍布。

此时阳光特温暖，普照着校园草木。此时落叶是校园里最显赫的风光，随处的叶子落得那么尽心尽情，铺在大地上。

温暖的麦子，这时愈加现出自己善良的心怀、深情的本质。满目萧瑟吗？众生萎靡吗？看生物系试验田的麦子，给人以希望和期许。麦子，这土地的骄子、诗意的源头，持续一个冬天直到6月的丰收直到全民一生饮食，贯穿这么久、喂养这么众的情意，又该有多深？

多少深情款款，立冬何言哉？几多真情脉脉，光阴何言哉？“四时行焉。百物生焉，天何言哉？”（《论语》）朗朗乾坤，千秋万代的情分，一言以蔽之，不过是深沉善举、春秋大义的周而复始。

| 立冬 | 枫叶雨落

山东大学中心校区蒋震图书馆前

小雪

小雪愿景

每逢带“雪”字的节气，即油然而生对雪的遐想与盼望。白衣胜雪，是人生最美年华，谁不喜欢啊！小雪无雪，即像是有什么辱没了天意，就显得这冬不那么如愿。小雪小雪，应落小雪。且让我存小雪愿景，对雪有小小期待。

| 小雪 | 树枝上的中国结
山东大学中心校区文史楼前

| 小雪 | 白雪丹枫

山东大学洪家楼校区一号楼西

《月令七十二候集解》解小雪："十月中，雨下而为寒气所薄，故凝而为雪。小者，未盛之辞。"因为尚未足够寒冷，这时的雪，要么是半冰半融、落地即化的"湿雪"，要么是雨雪同降的"雨夹雪"，要么是冰粒儿或米样儿的"米雪"，可惜都很难适时呈现。

古人将小雪节气分为"三候"："一候虹藏不见；二候天气上升地气下降；三

候闭塞而成冬。”（《月令七十二候集解》）小雪节气的小雪，好几年没应景落下了。小声叫一叫小雪的名字，几乎就要让人心疼。

小雪节气，天气往往是响晴的。阳光煦暖，天空清蓝，空气清冽，无雨无雪。这时节，天地空旷苍凉起来，仿佛在等着接纳什么。那是在等待雪吧？众芳摇落，唯有雪花是冬季当令的“芳华”！

幸好曾用相机照下校园里小雪节气应景的雪，好好记下这雪落在红枫叶、银杏叶上，落在月季花上，落在海棠、蔷薇、山茱萸的红果上的美。小雪，美感自足，总让人想到温柔、婉约、娴静、优雅、清纯，总之意在小清新。

“小雪雪满天，来年必丰年。”这时的庄稼需要雪。纳兰性德这样咏雪：“非关癖爱轻模样，冷处偏佳。别有根芽，不是人间富贵花。”（《采桑子·塞上咏梅花》）对末一句不敢苟同——瑞雪兆丰年，雪花才真正是人间富贵花啊！

这么美的小雪，都去了哪里呀？“片片互玲珑，飞扬玉漏终。草木潜加润，山河更益雄。因知天地力，覆育有全功。”（唐代无可，《小雪》）“绿蚁新醅酒，

| 小雪 | 火棘映雪
山东大学中心校区图书馆北

| 小雪 | 地锦叶红

山东大学兴隆山校区牡丹园南

| 小雪 | 羽衣甘蓝

山东大学中心校区明德楼西

| 小雪 | 杨树晴空

山东大学中心校区文史楼北

| 小雪 | 山荆子果红

山东大学中心校区学齐园北

| 小雪 | 鸡屎藤果子
山东大学中心校区文史楼北

红泥小火炉。晚来天欲雪，能饮一杯无？”（唐代白居易，《问刘十九》）“寒夜客来茶当酒，竹炉汤沸火初红。寻常一样窗前月，才有梅花便不同。”（宋代杜耒，《寒夜》）小雪在古诗里好生动人。

气候变暖，小雪难求。现代生活节奏迅疾，知交半零落，好友难聚首。古典诗意之美，难再。暖意融融的情境，今已很像不可预见的美丽童话，愿望仅是愿望，但人生岂能泯灭初心？小雪天，你来了，我不拿诗酒相待，咱们就去兴隆山校区看冬荷吧！比听雨声更让我们中意的是：留得残荷落小雪。

| 小雪 | 法桐叶生光辉
山东大学中心校区知新楼前

难忘曾经某个小雪节气，站在中心校区图书馆北边的火棘树下，看红红的火棘果和苍绿的叶子，和着曼舞的小雪，安详又显禅意。“算得流年无奈处，莫将诗句祝苍华。”（唐代徐铉，《和萧郎中小雪日作》）等一场雪来的时候，也是怀恋家乡雪景的时候。村庄的小雪是最好看的。院子的月季，红花朵敷了一层白雪。青瓦红瓦上清粉薄施，树梢田野里白雪清浅，乡街小路院子因了人迹和烟火气而雪意消融。好一幅乡村小雪水墨画境！

| 小雪 | 月季花含雪

山东大学中心校区邵馆前

特别怀念少年时在小雪天绣花日子：铁炭盆烧得通红，黄木瓜散发沁人的香，我跟着姑姑、姐姐、嫂子们悠闲地学女红，无言时听一听窗外小雪簌簌落地，再看看手中彩线，有一针没一针的，就这样窗外的桃花也渐渐红了。

大雪

如画大雪

大雪节气下大雪，简直就是冬天里的奇迹。《月令七十二候集解》言大雪：“十一月节，大者盛也，至此而雪盛也。”大雪总让草木略显枯淡的隆冬焕然一新，校园风光也分外妖娆。寂寥山河，肃杀天地，唯其雪，才让冬季美得天经地义，才有冬季北国风光的如画江山。

| 大雪 | 红梅映雪
山东大学中心校区大成广场西

| 大雪 | 竹叶穿雪
山东大学中心校区邵馆东

无雪不成冬，大雪为真正的冬正名。言及大雪，油然浮现在眼前的即是雪景画面。那可是雪的墨宝，是雪实实在在落笔、勾画、渲染后的壮丽画卷。下雪就是作画，雪的画作，挥洒、涂抹、润染、留白、勾勒，每一场大雪都画就一幅天地雪景图。画中气象大千，风情无限。

画中有雪落树木的刚柔相济之美。百年山大，校园草木众多，大树亦多，雪花开在树上，棵棵玉树琼枝，真个是“忽如一夜春风来，千树万树梨花开”（唐代岑参，《白雪歌送武判官归京》）。雪花盛开怒放，随物而形，因地制宜，落在不同树上呈现不同的美。

大树穿上雪之盛装，风姿绰约，最为神气。那些树干和枝丫像是雪的骨头，让柔软素洁的雪一下子有了分量和支柱，雪的气势和精神亦清越十足。白白的瑞雪，褐褐的树干，遒劲与纯真，阳刚与柔润，让人感到又端庄又轻盈，又朴素又天真。

| 大雪 | 雪中的圣贤雕像
山东大学中心校区邵馆前

画中有学生校园戏雪的单纯欢乐之美：投雪蛋儿、滚雪球儿、堆雪人儿，在雪上追跑、嬉闹，在雪上写诗句、写自己和好友的名字，在雪景前拍照，摇晃树木让雪再来一番纷纷扬扬。那天真无邪的笑声、欢呼声，好像提前就把春天的鸟儿给引来了。

画中有白雪与红叶红果的参差对照之美。大雪节气，金银木、山茱萸、海棠果、冬青卫矛的果红，月季的花红、果红和枫树、槭树的叶红，配着雪白，相互提

| 大雪 | 大雪中的红叶李

山东大学中心校区邵馆南

| 大雪 | 桐树落雪

山东大学中心校区六号楼南

| 大雪 | 玉兰映雪

山东大学中心校区国际教育学院门前

| 大雪 | 冬青印雪

山东大学趵突泉校区中心花园西

神，美丽相当，真是天作好合。红与白相得益彰，凭空点睛，大自然的配色朴实而热烈，鲜明而和谐。

画中有雪沃麦田的亲切之美。“瑞雪兆丰年。”“冬有三白是丰年。”“麦盖三层被，来年枕着馍馍睡。”“大雪兆丰年，无雪要遭殃。”校园的试验田麦地也会让人想起大雪农谚，想起大雪时的家乡家园。麦田雪茫茫一片，绿绿的麦苗都在

| 大雪 | 雪中的“八马同槽”雕像
山东大学中心校区小树林北

白雪下安然，怀乡的学人看着麦地的雪就仿佛看见了大丰收，看到了金黄的麦浪滚滚，见雪就如见乡亲故人。

画中有雪梅相映的和谐之美。校园里几株腊梅，大雪时开出暗香。梅花欢喜漫天雪，雪羽花魂，美到入骨。如果说“梅须逊雪三分白，雪却输梅一段香”（宋代卢梅坡，《雪梅·其一》）之言，难免落入争比的是非心，莫如说“有梅无雪不

| 大雪 | 月季果顶雪
山东大学中心校区体育场西

精神，有雪无诗俗了人”（宋代卢梅坡，《雪梅・其二》）、“雪里已知春信至”（宋代李清照，《渔家傲・雪里已知春信至》）、“玉为风骨雪为衣”（宋代杨万里，《雪后寻梅》）的梅，给人希冀。雪梅相照这诗画，和谐完美。

人为何那么喜欢雪呢？我想是因为大雪有益于庄稼和苍生，而且也满足了人所向往的诗意栖居。雪与生俱来的超凡美感及美化凡尘的风华情势，足以让它成为一

| 大雪 | 雪中的月季花
山东大学中心校区留学生楼南

幅画卷、一种文化。而当雪成为俗世人心的一种期盼，雪也不是那雪，而成为一种情怀、一种理想。我们蒙尘的生命要由雪来丰盈、洗礼、升华和提纯。

好雪不远，心怀白雪的人不妨坚信：万物相生相亲，最浩荡的大雪花事定然光临。君不见苦寒心灵的慰藉、沧桑流年的亲切、自新精神的美满，都是“抛砖引玉”，引来万紫千红的美好春天。

冬至

冬至阳生

《月令七十二候集解》解冬至："十一月中。终藏之气至此而极也。"古人认为天地间有阴阳二气，一年四季是阴阳二气的大循环，阳生则长，阴生则损。《史记·律书》云："日冬至，则一阴下藏，一阳上舒。"古言冬至阴极之至，阳气始生，日南至，日短之至，日影长之至，故曰"冬至"。

| 冬至 | 石楠新叶
山东大学中心校区邵馆东

| 冬至 | 喜鹊登枝
山东大学中心校区董明珠楼东

冬至定于春秋时代，是最早定出的节气之一。冬至作为阴阳转化的关键节气，是新一轮节气的开始。古来冬至为冬节，“冬至大如年”，有“拜冬”“贺冬”之仪。此时阳气酿动，春天在望。“天时人事日相催，冬至阳生春又来。”（唐代杜甫，《小至》）非常喜欢这样的天时：最冷的冬天伊始，也是初告春的来临。

古人将冬至节气分为“三候”：“一候蚯蚓结；二候麋角解；三候水泉动。”

| 冬至 | 腊梅含苞

山东大学洪家楼校区六号楼前

| 冬至 | 绿竹傲寒

山东大学洪家楼校区外语学院楼西

| 冬至 | 山茱萸花果同枝

山东大学趵突泉校区药草园

（《月令七十二候集解》）虽未适时实地见到蚯蚓尚在土中蜷缩，麋角解离脱落，山泉水暗始流动，却能够观察到冬至时节山大草木当仁不让的阳气，感受到天地间依然广布生机。

中心校区图书馆前边的腊梅开花了，花瓣黄娇纯正，冰清玉洁，暗香浮动。“风信报梅开。”（宋代陆游，《游前山》）二十四番花信风，梅花占个正先，相

| 冬至 | 白丁香花蕾

山东大学中心校区图书馆后

| 冬至 | 桃花花蕾

山东大学中心校区董明珠楼北

| 冬至 | 枫树叶蕾

山东大学中心校区邵馆前

托的当然是春的锦书，相报的自然是春的讯息。这也是大自然自己绘就的九九消寒图吧。等到梅花画满，阳气充盈，数九寒天过去，春天即全面到来。

贴梗海棠众花苞涌现枝头，居然有几个大的花苞与三两朵花开放，染尽胭脂初画成，美丽动人。海棠、玉兰、迎春、丁香、连翘以及榆树、桃树、杏树、梨树，都在孕育着、鼓动着最初的小小花蕾，在广阔的冬天背景里，星星点点，预示着来春的蓬勃。

柳树、木瓜树都萌生出苞蕾，小小嫩嫩的，却有着藏也藏不住、掩也掩不下的欣欣生机。像“花骨朵”“叶骨朵”这样的叫法还真形象。这柔柔的小尤物，也长着骨头呐！从中看得出这份本在的骨气。还有另外一些高树，不用登高去看也知道它们也一样长着叶子。

落叶铺满了整个草地。拨开枯叶，寻得出野草青青如许。落叶归根，休养生

| 冬至 | 春梅花蕾
山东大学中心校区邵馆前

息，冬藏的活力在草根处蓄满生机。

“六阴消尽一阳生。暗藏萌。”（元代尹志平，《江城子·龙阳观冬至作》）“人实嗣其世，一衰复一荣。”（宋代梅尧臣，《冬至感怀》）“一气先通关窍，万物旋生头角，谁合谁又开。”（宋代汪宗臣，《水调歌头·冬至》）古人关于冬至的诗情词意早已阐明了冬至的意义、时令的玄机、自然的真谛。寒来暑往，花开花落，草木枯荣，阴阳消长，只是表象；时令相通，生机相承，季节轮回，生生不

| 冬至 | 法桐映月

山东大学中心校区知新楼前

息，才是大千世界的真意。

一切都是生长，是春之清新鲜活的生长，是夏之热烈奔放的生长，是秋之深沉含蓄的生长，是冬之冷静从容的生长。这生长循序渐进、深入持久、自足自满、无止无休，实在美妙神奇、魅力无穷，实在可敬可爱、庄严大方。

冬至节有天地人和、天人合一的深厚文化意蕴。它给人冬至阳生、万物复苏的希望，它让人在期盼和坚守中感动，它体现的是我们尊重自然、敬畏生命、珍惜生活、和谐生存的本真情怀。

苏轼曾在冬至游寺时怅然发问："何人更似苏夫子，不是花时肯独来。"（宋代苏轼，《冬至日独游吉祥寺》）是啊！萧瑟季节寂寥日，不是花时谁肯来？看过寒冷冬日的花蕾叶苞，拍过冬至草木的生机暗萌，掸去绣花棉靴上的浮尘，我向枝头犹自清唱的喜鹊，莞尔一笑……

小寒

小寒简笔

小寒节气，正值“三九”隆冬，是气温最低的节气。此时，我国大部分地区进入一年里最冷的时期。因此有“小寒胜大寒”之说。“小寒大寒，冻作一团。”“街上走走，金钱丢手。”这样的民间谚语，就是在形容小寒节气的寒冷。

| 小寒 | 腊梅花点亮灯盏
山东大学中心校区图书馆后

| 小寒 | 杨枝简画
山东大学中心校区小树林

小寒时节，山大校园该落叶的草木都落光了叶子，一株株、一棵棵真正地坦然以对，素面朝天。一直喜欢冬天的树，褪尽铅华，洗心革面，冷寒里直白着清冽的美，有磊落的风姿，有简静的从容。这时的树，尽显风骨，刚柔清癯，更有力度，美得更为端庄、更具质感。

每一棵树都懂留白，都在沉静。这些树就是一首冬之曲里的音符，有着自己的天然律动，不曾稍息。

| 小寒 | 飞过银杏树
山东大学中心校区图书馆前

如果生命仅是简单，就会流于粗鄙、有失美感，但冬树非也。每一个树冠、枝丫都简洁、洗练又精致、凝重，疏朗的基调上美得各不相同。那清高湛蓝的天就是一幕幕画布，那些树杈、枝丫在这天幕上自然画作，每一幅都自成意境。

那是山大草木自己的简笔画吧！是山大草木对自己的冬日写生？那是校园里的树木、天空、鸟儿对自己的素描吧！是白描还是速写？就这般删繁就简、去粗取精，个个写意出自己特立的风采神韵。

古人将小寒分作“三候”：“一候雁北乡；二候鹊始巢；三候雉始鸲。”（《月令七十二候集解》）小寒节气，阳气已动，大雁开始向北迁移，喜鹊开始构筑鸟窝，野鸡感到阳气滋长也鸣叫起来。天寒地冻，万木凋零。这简明生动的三句，把小寒描绘得出神入化。

鸟儿们也于此时黄昏在山大小树林呼朋引伴、嬉戏欢逐，一派倦鸟归林的情景。树上的鸟儿和鸟巢，像是树上的叶子和花朵。而喜鹊折枝、衔枝、飞翔、搭窝、筑巢的一程，亦能在枝条清简的林间树上被完整看见，给人温暖和美感。

在文史楼北边再次拍到喜鹊花翎尽展的飞翔，还拍到半轮新月和一架飞机。这些都是可遇不可求的美意。那黛蓝天幕上、黝黑树顶上的月亮，还有树上的鸟巢与鸟儿，一起安详地泊在那如水的夜空里。这是极富特色的简笔画，还有天工湖场地芦苇和枯荷的主题，衬着一泓静水、一层冰封、一茎白雪，诠释着诗与画中的美，只可意会。

师法自然。还有什么样的绘画能比这自然之作更美好、更生动、更亲近人心？四季更替，大自然有着自己无尽的主题与图画。这样的简笔画仅画在一时一地，更为丰实、更为奇妙的诗情画意，谁又能够见识穷尽？

可别说纯自然就是无意识。你细细去品，所谓主题、思想、哲理，所谓品格、气质、精神，所谓结构、形式、内涵，所谓意境、心智、情态，无不在这里。正可谓："天地有大美而不言，四时有明法而不议，万物有成理而不说。"（《庄子·知北游》）

"凝神遐想，妙悟自然，物我两忘，离形去智。"（唐代张彦远，《历代名画

| 小寒 | 最早的榆树花蕾

山东大学中心校区老教学楼北

| 小寒 | 白杨凌空

山东大学中心校区齐园南

| 小寒 | 红心腊梅气有浩然

山东大学中心校区图书馆前

| 小寒 | 柳树美感
山东大学中心校区音乐喷泉西

| 小寒 | 蓝天白云下的法桐
山东大学中心校区知新楼前

记·论画体工用拓写》）这的确是我在小寒节气的审美愉悦，再一次接受自然的陶冶和洗礼，再一次感到大千世界的真实美好，不禁抒情曰：倘若春华秋实四季沧桑之后还能如此之好，我甘愿做一棵冬天的树，将生命之美在冬日里简笔画就。

大寒

贺岁迎新

《三礼义宗》记曰：“大寒为中者，上形于小寒，故谓之大……寒气之逆极，故谓大寒。”大寒是二十四节气的最后一个节气。这是冬季即将结束之时，时常与岁末时间相重合。过了大寒，新的节气轮回即又开始。大寒也是春节前的最后一个节气，民间故称“大寒迎年”。

| 大寒 | 玉兰之旧叶新芽

山东大学中心校区文史楼南

| 大寒 | 寒梅著花
山东大学中心校区图书馆后

“寒家岁末无多事，插枝梅花便过年。”郑板桥的这句诗未免太过清寒，亦有矫情之嫌。事实上，古来中国人过年，无论贫富，都无可避免地在一样的风俗传统中郑重其事地进行。整个大寒节气期间，有关新年的民俗节庆次第进行，好不喜兴。再没有哪个节气像这样充满迎新贺岁意味。

大寒时节正值学生放寒假，校园显得空落，齐园餐厅挂出大红灯笼、贴出吉祥春联，挺拔茁壮的大杨树、大法桐树衬托着，很是喜庆。学生公寓也贴出大红春联，还有留校师生欢聚一堂的春节团拜，依然是不变的贺岁之情。学子们回家过年本身就充满温情暖意。校园的这份清寂未尝不是大学特有的新年气息。而万千学子阖家团圆，就是山大人广阔四方的贺岁迎新。

青春读书处，永远一家人。在知新楼前观察木瓜萌芽时，听到返校的两位山大校友笑声朗朗，说出深情的这一句。站在中心校区邵馆前十一棵高大白杨那里，看花蕾满树，遇见同为山大学子的一家三口人也来看树。父亲对儿子说："我和你妈在这里上学时，这些杨树就在这里。"校友们趁节假重回母校，忆往昔，看今朝，祈愿山大明天更美好。

山东有句俗话："一进腊月就是年。"新旧之交，中国人以最盛情、最具活力的方式迎接新年，祈福纳吉。大寒节气前后一个月，就是欢度春节的前奏，从腊八节开始，扫房、请香、祭灶、封印、赶年集、办年货、祭祖先、拜家堂、敬天地、写春联、贴年画、放爆竹、忙嫁娶、包饺子、吃年糕、喜团圆，直到除夕和春节。其间穿新衣、守年岁、拜新年、串亲戚、唱大戏、扭秧歌、看花灯，到处欢天喜地，恭贺新春。

| 大寒 | 桃树映雪

山东大学中心校区化学一号楼前

| 大寒 | 雪照劲松

山东大学中心校区图书馆后

大寒期间，人们忙年忙得热火朝天。岁月珍重，人情善待，这充盈的俗世温暖，抵得过时令大寒。

春节我值班。午间在校园漫步，看红梅含苞、腊梅花开、枇杷花开、婆婆纳花开、郁香忍冬花开，不禁起了思想：最寂寥时最深情，最寒冷时最温暖，我们中国人最能感知大自然的心意与真谛。大寒时节人们以最隆重的节日氛围、最喜庆的团圆美满来对一年进行总结，辞旧迎新，欣欣向荣，春回大地一片新。

中国人将春的节日定在此时，是真正的顺天承命，继往开来。贺岁之后，冬去春来，生命季节的圆满轮回，乾坤天地的祥泰焕然，不论怎么祝贺都天经地义。

年少时过大年，喜欢唱“大寒小寒，杀猪过年，”唱“腊八祭灶，年下来到；小姑娘戴花，小小子要炮，”也唱 “腊八粥，熬几天，哩哩啦啦二十三。二十三，糖瓜粘。二十四，扫房子。二十五，磨豆腐。二十六，去割肉。二十七，宰公鸡。

| 大寒 | 喜鹊“迎椿”

山东大学中心校区文史楼东

| 大寒 | 最后的海棠叶子

山东大学中心校区图书馆后

| 大寒 | 柳芽初显
山东大学中心校区邵馆前

二十八，把面发。二十九，蒸馒头。三十晚上熬一宿，大年初一扭一扭”。如歌的贺岁进程，踩着欢悦的鼓点，日日均好日，时时皆吉时。

那份专属中国人的年味，好像越来越没有那么浓酽、酣畅了。好怀念那时过年和母亲、婶子、嫂子一起蒸花糕的情景，那份温馨不可再有；好怀念除夕夜踩在撒满院子的芝麻秸上的声音，那份岁岁平安、节节高升的美意不复重来；好怀念大年初一感天动地的大红炮仗，那浓郁的焰火香、遍地的红纸屑、亲切的拜年声，是我心中最好的年味……

“新年纳余庆，嘉节号长春。”（《孟蜀桃符诗》）大寒辞冬迎春、推陈出新，实现了时令自新。新春由严冬育成，新年拜旧年所赐。天地仁厚万物生，一切皆在生生之境。写满二十四节气的一程，一个个节气也生长进我生命的春夏秋冬。这份自然的观照与顺应，我只是试着解读，却蓄下生机和热爱，获得力量和道路，在万物美好我亦有分的自觉中，安之若素、心定意平。

草 木 手 记

1901
SHANDONG UNIVERSITY